谨以此文献给我最爱的偶像 SYZ
谢谢你的出现，照亮我的人生

有爱的青春陪伴者

恋上一滴泪 著

喜欢你就点点头
I love you

贵州出版集团
贵州人民出版社

图书在版编目（ＣＩＰ）数据

喜欢你就点点头 / 恋上一滴泪著. -- 贵阳：贵州人民出版社，2019.12
ISBN 978-7-221-15613-6

Ⅰ. ①喜… Ⅱ. ①恋… Ⅲ. ①长篇小说 - 中国 - 当代 Ⅳ. ①I247.5

中国版本图书馆CIP数据核字(2019)第218844号

喜欢你就点点头

恋上一滴泪 / 著

出版统筹：陈继光
选题策划：大鱼文化
责任编辑：唐　博
特约编辑：魏归期
装帧设计：孙欣瑞
封面绘制：王点点
出版发行：贵州人民出版社（贵阳市观山湖区会展东路SOHO办公区A座505081）
印　　刷：长沙鸿发印务实业有限公司
开　　本：880×1230毫米 1/32
字　　数：169千字
印　　张：8.5
版　　次：2019年12月第1版
印　　次：2019年12月第1次印刷
书　　号：ISBN 978-7-221-15613-6
定　　价：35.80元

版权所有　盗版必究。举报电话：策划部0851-86828640
本书如有印装问题，请与印刷厂联系调换。联系电话：0731-82755298

目录
CONTENTS

I love you

「第 一 章」　时光小偷　　　——・001

「第 二 章」　遇见　　　　　——・027

「第 三 章」　倔强　　　　　——・055

「第 四 章」　我不愿让你一个人　——・073

「第 五 章」　温柔　　　　　——・100

「第 六 章」　火光　　　　　——・120

「第七章」	一个人的孤单	—— · 146
「第八章」	离心力	—— · 174
「第九章」	陪伴是最长情的告白	—— · 206
「第十章」	我要我们在一起	—— · 226
「番外一」	从此以后,我是你的爱人,也是你的亲人	—— · 255
「番外二」	往后余生都是你	—— · 259
「后　记」	守护	—— · 263

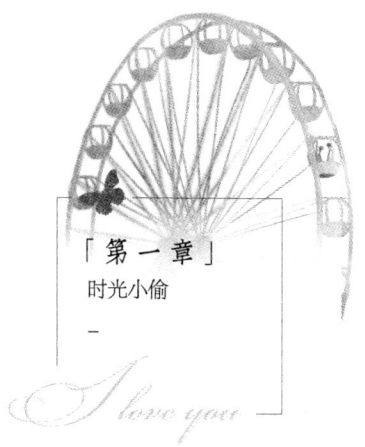

「第一章」
时光小偷

"你们看看,陆简诗上热搜了!"

周三中午,早上没有课。陆简诗跟平时一样,六点多起床,从出租屋坐公交车到市中心新开的百货商场做兼职,做完兼职还要赶回学校,因为她下午还有三节课。

每一次回到学校都太晚了,食堂的饭菜几乎被清光,她就拣一些素菜来打,然后捧着餐盘走到最偏僻的角落闷头吃饭。通常,她吃完饭就会直接去图书馆看书,等到上课时间再去教室。

可是,今天是不一样的。

那几个讨论得很大声的同学就坐在她的附近,她们人手一部最新款的苹果手机,一边刷着微博,一边回头看陆简诗。

相比她们几个穿着鲜艳漂亮的衣服,穿着朴素的陆简诗像个异类。

又过了一会儿，其中一个染着黄头发的女生从座位上站起来，直接走到陆简诗的面前，把她的手机伸到陆简诗的眼皮底下，用阴阳怪气的腔调说："陆简诗，照片上的人是你吗，你好厉害啊！"

陆简诗的眼睛触及对方的手机屏幕，赫然看到自己与宁之远在一起做题目的照片。

照片上的陆简诗穿着时尚，打扮也有自己的味道，要不是这条微博上写着"N大陆简诗"几个字，谁都不敢相信照片上的人是陆简诗。

陆简诗不知想到什么，眼睛莫名发酸，视线一直停在那张照片上，久久移不开目光。

"陆……"

那个同学还想说什么，一道人影倏然而至。

还是那个黄头发的女生先看到宁之远，她先是一愣，然后整个人变得十分兴奋，一边跺脚一边回头朝自己的同伴大喊："喂，是宁之远！真的是他！"

宁之远穿着一身雪白衣衫，他本来就生得白净，天生的气宇轩昂，此刻更是衬得他有一种翩然出尘的感觉，但他从进来食堂以后就再也没有看过别人一眼——他一直深深地看着陆简诗。

此刻的陆简诗穿着廉价的衣服，没有打理过的长发散落在两肩，素净的一张脸有着病态的苍白，嘴唇上泛着星星点点的白皮。

可是这个女孩，永远是他最心动的存在。

"陆简诗，我有事儿找你。"忽略其他人的存在，宁之远直接对才吃了几口饭的陆简诗说道。

陆简诗慢慢地抬起头来,眼神带着几分明显的抗拒,她知道刚刚讨论自己的人正看着这边,不想在众目睽睽之下跟宁之远说话。更何况,她饭都没吃几口,下午还要上课。

但是,她还是好奇刚刚那些女生说的什么热搜,她上热搜?她怎么一点儿也不知道呢?

"别吃了,跟我走吧。"

然而,早就预感到陆简诗会拒绝自己,宁之远利用男生比女生有力气的优势,不费什么力气地就把她从座位上拖起来,不由分说地带着她离开食堂。

刚走出食堂没多久,宁之远开口道:"陆简诗,你上热搜了。"

闻言,陆简诗先是愣了几秒,然后下意识地把右手伸进裤袋里,紧紧地捏了一下。那里躺着一部只值几百块的山寨手机,能发消息能打电话也能上网,但她为了省钱,一直没有开通网络服务,更不用说可以像其他人那样拿手机上网看新闻。

"我刚刚听她们说了,"陆简诗故意与宁之远保持一段距离,声音冷冷的,"但也是刚刚才知道。"

"我们的节目昨晚就播了,你是不是没有看?"

昨晚?陆简诗又是一愣,她昨晚也是跟往常一样去大排档打工。她白天去百货商场兼职,晚上时间比较多,就在学校附近打工。除去打工的时间,她会自己一个人去图书馆待着,像铁人一样把每一天的时间利用到极致。

喜欢你就点点头

既然要打工,她怎么可能有时间看?不仅是节目组的人没有告诉过她节目播出的时间,连老师魏德朗也没跟她说。

宁之远看她的反应就知道她果然什么都不知道,伸出手又想拽她的手腕:"找个有Wi-Fi的地方,我跟你再看一次。"

"我……我不想看。"

"你难道不想看看自己在电视上的样子吗?"

陆简诗低下了头,宁之远本以为她又要找理由拒绝自己,没想到她犹豫着点了点头,说:"那好吧……"

宁之远心中莫名欢喜,虽然不太乐意节目内容被删减了很多,只剩下五十几分钟,但他的嘴角止不住地上扬,因为后半部分,他与陆简诗两个人被分到一组,两人一块儿的画面特别多。

带着她去到距离食堂不远的咖啡厅,宁之远先点了一些吃的喝的,等待的时间里,他用手机连上Wi-Fi,调到视频界面,然后把屏幕转向了陆简诗。

陆简诗除了伸手点了点宁之远手机的屏幕,让它开始播放节目,就再也没有碰他的手机。

她像个小学生,低着头一动不动地盯着平放在桌子上的手机。当看到自己的脸出现在屏幕上时,好像有电流滑过身体一样,她很难形容那一种感觉。化了妆以后的她,跟平时的她不太一样,也难怪刚刚几个同学都不敢相信热搜上的人就是陆简诗。

陆简诗就这么看着,看着眼前这一方小小的屏幕,看着屏幕里的宁之远和自己,思绪渐渐飘远——

"小陆,有没有兴趣跟老师去参加一个节目?"

陆简诗记得,那一天魏德朗特意打电话给她,问她有没有意愿参加一档叫《记忆训练营》的节目。

也是那一天,在和魏德朗通话的十分钟前,陆简诗还接到一个人的电话——陆海,那是她爸,但她已经很久没有见过他。

说是爸爸,但在陆简诗的心中,这个男人从来没有一天尽过做父亲以及丈夫的责任。她完全没想到,陆海第一次主动打电话给她,竟然是对她说,他得了癌症,已经严重到要入院治疗的程度。他之所以打电话给她,只是问她身上有多少钱可以拿出来给他治病。

"你是不是又输钱了?"接到陆海的电话时,陆简诗握着电话的手都在颤抖,她以为陆海又是欠了很多赌债,走投无路之下才出现,问亲生女儿要钱填赌债。

"小诗,我没骗你……我真的生病了,很需要钱,要钱去救命啊。现在,只有你能救我了,只有你了!"

从小到大,只有爸妈才会叫她"小诗"。

这时,陆简诗的脑海里浮现出妈妈的模样,她想到妈妈去世之前,妈妈还一直在帮陆海还各种各样的债,所以她才会这么痛恨陆海。

可是,她还是想弄明白事情的真相,所以以最快的速度赶去了医院的肿瘤科。当看到陆海真的病恹恹地躺在病床上时,陆简诗心里有说不出的滋味。

她找到陆海的主治医生了解情况,医生说陆海是被好心人送进医院的，也说明了他现在的身体状况，必须要马上进行治疗，然而第一个疗程的治疗费用就要三十万。

三十万……对一个刚上了一年大学，准备升上大二的平凡女生来说，三十万无疑是一个天文数字。

上了大学以后，陆简诗每天打两份工，周末还会加码多打一份，但一整年下来，加上自己平时省吃俭用，也才存了两万多，里面还有一部分是下一年的学费。

她根本拿不出三十万来给陆海治病。

就在这时，魏德朗打来了电话。

"老师……"要是从前，陆简诗肯定早就拒绝了魏德朗，但这一刻，她也不知道自己是怎么了，问，"跟您一起上这个节目，会有酬劳吗？"

"放心，这个肯定会有。"魏德朗听到陆简诗感兴趣，兴高采烈地跟她说，"上这个节目会有酬劳，具体多少我要跟你一起去电视台谈。还有，这个节目最后还会进行一个比赛，比赛的第一名能够拿到五十万元的奖金……"

五十万？陆简诗愣了，她从没见过这么多钱。

"你的记忆和心算能力都很强，也是我很看好的一个学生，我愿意带你一起上节目，也相信你不会让老师失望的。这个机会真的很难得，你要尽快答复……"

"老师，不用考虑了。"

"啊？"魏德朗以为她要拒绝。

"我答应跟您一起上这个节目。"陆简诗看似平静地说,其实心中十分忐忑。

只是……陆简诗绝对没有想到,录制第一期的《记忆训练营》时,会在现场遇到已经中断联系一年时间,以为这一生都不会再见到的宁之远。

录制节目,跟平时在电视上所看到的很不一样。

陆简诗本来想着,她不是一个人来的,是跟着老师魏德朗一块儿过来的,老师肯定会照顾她。

没想到,她跟老师刚来到录制现场,两个人就被催促着去化妆间弄妆发,因为男女化妆间是分开的,等陆简诗弄好出来以后,发现老师已经不见人影。

她是第一次到电视台,人生地不熟的,感觉所有人都风风火火的,也不知道该开口问谁。

平时一紧张,她就会手脚发冷,尽管现在是夏天,电视台里的空调开得并不算低。

这时,一罐暖暖的咖啡被某个人递了过来。感受到温度,陆简诗顺着握着咖啡的一双手往上看,意外地看到了宁之远的脸。

不过是一年时间没见,陆简诗不可能像看到个陌生人一样装不认识他。然而,她的大脑变得一片空白,只有刚刚被他递过来的热咖啡在提醒着她,这一切都是真实的。

宁之远,他回来了。

"陆简诗,好久不见。"宁之远先开口说话,声音中也有几分意想不到的惊喜,"你是来参加节目的?"他没想到陆简诗也会参加这种录制的节目,但转念一想,她这么聪明,能来这样的节目也是合理的吧。

"我……"

"请注意!参加《记忆训练营》第一期节目录制的嘉宾,请马上到六号厅集合!"场务的声音适时响起。

陆简诗抬脚就走,宁之远默默地跟在她的身后往六号厅的方向赶。

到了六号厅,陆简诗看到魏德朗站在一个年轻又十分漂亮的女孩旁边,然后导演开始跟他们这些嘉宾说着注意事项。等导演说完,陆简诗才看到宁之远一直默默地站在边上,原来,他也是来参加这个节目的。

这算是……冤家路窄吗?

陆简诗有想过这一生都不会再见到他,也有想过人海茫茫,他们可能还会再碰到,但断然没想过,会在这样的场合中重遇。

《记忆训练营》是电视台新推出的一档真人秀节目,是素人搭配明星总共六人的嘉宾组合方式,大胆地采取边拍边播的模式,每一期都会围绕记忆的知识点展开讨论,并且采取分组的形式出题考验参加节目的嘉宾。每一期赢了的嘉宾,都会得到一个分数,累积分数最高的前三位,将会参加最后一期的终极挑战,有机会赢得五十万元的丰厚奖金。

节目的前半段，陆简诗感觉自己的脑袋木木的，一直处于神游太虚的状态。主持人很有经验，加上节目还有几个明星坐镇，镜头很少能切到陆简诗那边去。

　　到了后半段，当陆简诗听见自己的名字跟宁之远的名字排在一起时，她心里一紧，然后看到宁之远朝这边走来，最后停在她面前，伸出一只手来："陆简诗，我是跟你分到一组的宁之远。"

　　节目组的安排是这样的：一组两人都是明星，一组两人都是素人，还有一组是"明星+素人"的搭配，题目内容一样，是几个有权威的专家出的题目。每一组都拿到了一张巨大的"藏宝图"，说是"藏宝图"，其实就类似于迷宫，他们需要严密的精选经度与纬度，推算出"宝藏"到底藏在哪儿。

　　从节目录制开始，陆简诗一直觉得自己的状态不对劲，然而拿到这份"藏宝图"以后，她的脑袋开始高速有效地运转起来，转速越来越快，快到一种不可思议的地步。

　　宁之远不知道她已经在思考题目，远处正有一台摄像机对着他们俩，红灯闪个不停，但他还是赌气问她："陆简诗，这一年来，你为什么不回复我的邮件，一封也没有？"

　　听到他的问题，陆简诗吓了一跳，她本来就不想跟宁之远有什么瓜葛，更不想叫人发现他们俩原来一早就认识。

　　于是，她假装镇定地跟他说："宁之远，我刚刚想到一个办法，你看行不行……"说罢，她直接动手在他面前演示运算过程。

　　宁之远也没在意她没有回答自己的问题，听着她的解题思路，

喜欢你就点点头

脸上露出十分意外和惊喜的笑容,因为陆简诗的想法跟他的不谋而合。而且,她还简化了最后两个步骤,让这一道运算可以用更简洁的方法去解决。

陆简诗跟宁之远以最快的速度完成了答题,当节目组的人宣布第一期他们组赢得第一名的时候,陆简诗并没有表现得十分高兴,她只是纳闷——魏德朗肯定也会做这道题,他是跟一个叫作林爽的女明星分到了一组的,但他一个人计算这个问题应该绰绰有余啊。

陆简诗想,她这一次能赢,也许只是侥幸而已。

从电视台出来以后,陆简诗想找魏德朗一起吃饭,却发现他似乎有事比她早一步离开了,而宁之远也紧跟其后地出来。

晚上陆简诗还有兼职,她平时哪里舍得花钱打车,可看到宁之远快步走过来似乎有话要说,她立刻跳上了一辆刚好停在路边的出租车……

从跟着魏德朗去电视台,到现在坐在校园里的咖啡厅用宁之远的手机看完《记忆训练营》第一期的节目,陆简诗仍然有一种不真实的感觉。像是整个人踩在软绵绵的白云上,看着美好得不可思议,然而只要一不小心,整个人就会从天上掉落到谷底,再也爬不起来。

耐心地等陆简诗看完节目,宁之远才把手机拿起来,然后迅速翻出微博,点开热搜,把手机又递过去。

其中一个热搜正是"天才少女陆简诗"。

节目里,他们每一个嘉宾在被介绍的时候都会有一个名号放在名字前面。宁之远是"N大校草"，魏德朗是"美籍记忆学专家"，陆简诗看着什么特点也没有，最后被导演安上"天才少女"的名号。

然而，她在节目里表现惊人，尤其是十分强大的记忆能力与心算能力让人赞叹不已，还真的跟"天才少女"这个名号很贴切。

"宁之远，谢谢你借手机给我看昨晚的节目。"感觉时间不早了，陆简诗匆匆站起来，想要告辞。

"等一下，我还有话要对你说。"

这时，外面有同学进来咖啡厅。为了避嫌，陆简诗起身就要走："下次再说吧！"

"耽误不了你太久。"

"可是，我真的很赶时间……"

看到陆简诗再一次从自己的眼前走远，宁之远没有追上去，因为他认识她这么多年，太了解她的性格了。

下午，陆简诗如往常般自己一个人去教室上课，这节课是微积分。

跟很多占位置坐最后一排玩手机或者睡懒觉的同学不一样，陆简诗一般会提早到教室，每次都会坐在第一排或者第二排的位置上。她有点近视，平时不喜欢戴眼镜，坐在靠前的位置也方便听教授讲课，还有抄写板书。

课上到一半，陆简诗听到身后传来细细碎碎的讨论声，没多久，讨论声变得越来越大，连讲台上的教授都听不下去了。

"后面的同学，麻烦安静一点儿！"

教授的话一出口，全场安静了几秒，可是很快又再次传来声音。

喜欢你就点点头

"谁在后面说话?"老教授微微发火,声音拔高了几度,"那么喜欢说话,就上来给我解这道题!"

"教授,您可以叫陆简诗上去做这道题!"

乌泱泱一大片的人,说话声、笑声不绝于耳,不知是谁起哄地说了陆简诗的名字。陆简诗下意识地挺直身体,忙抬起头看着讲台上的老教授。

大学的课堂里,每个教授都要带好几个班,总共几百甚至上千的人,很难会特意记得某个同学的名字。

然而,教微积分的老教授是认识陆简诗的,平时上完课,陆简诗遇到不懂的题目也会上去问他,但以她对老教授的了解,他会直接点名让起哄的同学上来。可今天不知道是怎么了,教授把目光调转到陆简诗的脸庞上,充满考究地看了她一会儿,才语气放缓地说:"陆同学,那你上来解这道题吧。"

陆简诗虽然有点意外,但还是挺直身体,一步一步地走上讲台。

不知道是不是错觉,本来还闹哄哄的教室,一下子变得鸦雀无声。她感觉背后有无数双眼睛紧紧盯着,她不用回头也知道,几乎所有的同学都在注意着她的一举一动。

她从来没有感受过被这样过分的关注,不至于说很不好受,就是感觉很奇怪,也很别扭。

到了黑板前,陆简诗按照自己的方法在黑板上演算过程,她心思缜密,遇到需要心算的地方就在心里面默默地算着,算完就把答案写上去了。

整个过程下来，只用了不到五分钟的时间。然而，她刚准备放下粉笔走回座位去的时候，耳朵灵敏地听到一声"咔嚓"。

是有人偷拍了照片？

陆简诗偷偷地看了一眼老教授，老教授看着她刚刚写下的步骤，一张脸平静无波，看不出任何的情绪。

但是，陆简诗还是发现了，老教授的眉头不易察觉地轻轻皱了一下。她连忙又把目光集中在黑板上，用最快的速度又在心里面检查了一遍。第一步正确，第二步也正确……一直到最后一个步骤，她才发现一个极细微的地方被自己弄错了，导致演算结果是错误的。

她连忙拿起粉笔刷擦掉错误的答案，写上正确的。

等到陆简诗回到自己的座位上时，才发现掌心布满黏稠的汗水，她刚刚太紧张了。

换作是平时，她是不会这个样子的。

老教授冲她投来一个赞许的目光："陆同学做的这道题目是完全正确的，不论是思路还是解题步骤都很完美，你们都仔细看好，我再给你们演示一遍……"

陆简诗单手支着脸看着老教授讲题，可看着看着，画面怎么会变成昨天去电视台录制时，她跟宁之远站在一块儿解答题目的画面？

他们俩……似乎很久没有这么亲密地站在一起过了。陆简诗迅速回过神来，甩了甩脑袋，把宁之远的身影给甩开来。上课时间，她在瞎想什么呢？

终究，是有什么东西开始变得不太一样了。

喜欢你就点点头

上完课,陆简诗把书本拿回寝室,然后准备回出租房。

她今晚不用去排档打工,可以复习一下功课,顺便为第二期的《记忆训练营》的录制提前做好准备。

结果,刚走到寝室的门口,她就看到室友白药……准确点来说,是白药一直在等她。白药好不容易盼到她回来,立刻笑眯眯地迎上去,还佯装亲热地拉了拉她的手。

陆简诗眉头一皱,轻易地把白药的手甩开,然后下意识地后退了两步。

从上个月开始,陆简诗就已经搬到学校附近的出租屋去住,她跟室友的关系不是很好,但大一一整年也没有发生过什么很大的冲突。她的性子比较冷,也不爱跟人交流,久而久之,寝室的其他三个女孩看到她也不会主动说话,寝室的气氛慢慢变得尴尬、僵硬。

陆简诗并不在乎自己被排挤,她一向独来独往惯了。然而,寝室的三个女孩都喜欢热闹,有时候大半夜的也会放音乐开 Party(派对),她实在受不了了,于是申请退掉学校的住宿,自己一个人搬到外面去住。

其实她是靠着自己的能力搬出去住的,但不知道为什么,被她的室友带头说她是谈了男朋友,所以跟男朋友一起出去住的。

没多久,风言风语就传开来了,班上的人都以为她作风开放,而且还被传是谈了一个富二代的男朋友。

可陆简诗,每一天除了上课、去图书馆就是打工,哪里来的时间、精力谈恋爱！还富二代呢！

陆简诗是后来才听到这些谣言的，心里又气又恼，但她没有办法找寝室的人计较，因为她没有确切的证据证明这些谣言是她们散布出去的。

再后来，谣言渐渐就散了。陆简诗太冰冷了，并不是所有人都喜欢跟像她这样性格的同学开玩笑。

距离暑假还有一个月的时间，学校的住宿费早在开学时就交过，所以陆简诗也没有清空寝室的床位，把书本都放在那儿，每次上课之前就回寝室去拿。

如果她没有记错的话，当初第一个起哄说她谈了一个富二代男友的人，正是面前的白药。

"你有什么事吗？"陆简诗不知道白药怎么突然换了张脸，略有戒备地看着她。

"简诗，今天是我的生日，想请你跟我的男朋友，还有寝室的两个姐妹一块儿去吃饭，可以吗？"主动忽略掉陆简诗冰冷的态度，白药仍然堆起亲切的笑脸，不知情的人，还以为她跟陆简诗的关系有多好。

生日？吃饭？陆简诗愣了几秒，那跟自己有什么关系？

是的，这一天正是白药的生日，她原本就打算带上男朋友陈约翰一起请平日交往不错的同学吃饭。

本来是没有陆简诗的份儿，谁知道，白药今天一早被陈约翰告知，说她的室友陆简诗上了节目，她也是那个时候才知道平日总是

喜欢你就点点头

一声不吭，同学有事寻求帮助时也不搭理人的陆简诗，竟然是什么"天才少女"，还跟他们学校的校草宁之远一起组队比赛。

今天下午上微积分课的时候，坐在很后面的白药跟一些同学故意起哄，还特意抓拍了几张陆简诗上去做题目的照片。

下课以后，她直接就把那几张照片发到网络上，没一会儿粉丝跟评论就不停地增加，让她好好地体验了一下有一个明星同学的滋味。

恰巧，今天又是她的生日，她更要想方设法地把陆简诗带去一起吃饭。

"简诗，我还记得上一年国庆的时候，我去了一趟泰国，特意给你带了纪念礼物。"白药虽然跟陆简诗不太好，但她了解陆简诗这人不喜欢欠别人的人情，于是娓娓道来，"虽然这一年来我们的关系不是很好，有时候还会闹得很僵，可今天我生日，还是希望我们寝室四个人能一起吃个饭。"

陆简诗果然犹豫了，真如白药所想的，她平生最不喜欢欠人家，白药当初送的纪念品她还留着，好好地放在出租屋里。

白药看到陆简诗有所动摇，连忙乘胜追击地说："真的，我没有骗你，我原本以为你搬出去我们几个会挺高兴的，但当你真的搬走了，看到你空掉的那张床，我总会想起你半夜缩在被子里看书的场景。"

陆简诗心里一紧，她没想到白药会说出这么温暖的话来，心中有一丝的感动。

"嗯，那好吧。"

白药以为还要再劝，没想到陆简诗这么容易就答应下来，脸上继续绽放着亲切灿烂的笑容："我们赶紧走吧，我男朋友已经订了包厢等我们呢！"

陆简诗这一年来也参加过几次班级活动，再说白药只请那么几个人，人不是很多，加上她确实在一年前有收过白药送的礼物，想着去就去吧，吃顿饭而已。

等到陆简诗跟着白药一起来到包厢房门前，白药走在前面，主动把门推开，顿时，很多早就等在里面的同学把手机拿起来对着她们俩一通乱拍。白药是早就知道的，用力拉着一脸懵懂的陆简诗，摆出各种各样好看的表情。

让陆简诗无比意外的是，一个看上去一点也不大的包厢，竟然塞了将近四十个人，白药不是说只有七八个人一起吃饭而已吗？

"白药，怎么回事儿？"陆简诗转过脸，生气地质问还在端着笑脸看向镜头的白药。

"哎呀，你不会生气了吧？"白药冲她甜笑了一下，"这不是看在你的面子上，才来了那么多的同学。"

"什么意思？"

"你参加的节目，我们所有人都看了啊。"白药一边假惺惺地说着，一边想着刚刚拍下来的照片质量及不及格，"简诗，你太厉害了，你简直是我们的偶像啊！"

偶像？陆简诗只觉得头皮发麻。

喜欢你就点点头

下一秒,又有人从外面走进来,白药扭头一看,半是撒娇半是埋怨地说:"约翰,你怎么来得这么晚啊?"

这个叫约翰的男孩,是白药的男朋友,他不是自己来的,身边还跟了一个人……

陆简诗像是感应到什么,也下意识地回头一看,赫然看到宁之远双手插袋地站在那儿。

白药倒是一脸惊喜,一边拉着约翰的手,一边冲宁之远笑得可人:"宁之远,你好,我叫白药,是陆简诗的室友。"

再次看到宁之远,陆简诗忽觉头昏脑涨,她最近是怎么了,怎么走到哪儿都能碰到他?

宁之远抿了抿唇,他一眼就瞧出这个白药的心机,先是拜托她的男友约翰用陆简诗的名义请自己过来饭店包厢,又叫来了这么多同学。他可不傻,陆简诗怎么可能会主动约他?更不会让别人去通知的,但他实在放心不下,又怕陆简诗真的也来了,只好跟过来看看是什么情况。

虽说他们两人一起上过节目,但N大里面也没有几个人知道陆简诗跟宁之远关系匪浅,并不只是同学的关系。

"简诗,N大校草看在你的面子上也过来了,我实在是太高兴了!我今晚的生日会一定会很圆满!"看到人气校草宁之远也来了,白药是真的开心。

白药就像是一只花蝴蝶,热情得过分,看人都到齐了,就让约翰叫服务员把蛋糕还有各种吃的端进来，然后还吩咐他把门关上，不准人再进来了。

陆简诗越坐越觉得不对劲，想起身离席了，但又不好当着那么多人的面走。更何况，白药还没有把生日蛋糕拿出来。

陆简诗一边吃着菜，一边被不同的同学问话，还有不曾说过话的同学拿出手机要跟她拍合照。

快要招架不住的时候，宁之远跟她旁边的人换了座位，自然而然地坐在她的右手边。

陆简诗虽然不太想和宁之远离得太近，但他在身边总比其他不知有什么居心的同学要好。

看到宁之远，陆简诗周围的人眼睛都发亮了，尤其是女生，纷纷拥上来想打听什么，却被他一个凉凉的眼神打发走了："今晚的主角不是我或者陆简诗，你们有问题可以问白药同学。"

很多同学都只知道宁之远是N大校草，从来没有近距离地跟他说过话，本来就知道他不会很热情，可也没想过他是这么冷冰冰的。

把好奇与八卦心极重的同学都打发走以后，宁之远好像很忙，忙着喝手边那瓶豆奶，忙着把吸管咬得巨响，忙得没有跟陆简诗说过一句话。陆简诗惴惴不安地坐着，也不知道自己在紧张什么。

"白药，生日快乐！"

终于，约翰把早就准备好的生日蛋糕拿出来，放到女朋友的面前，然后插上可爱的小蜡烛，叫上包厢里的所有人一起给她唱生日快乐歌。

喜欢你就点点头

白药看上去也很高兴,在摇曳的烛光面前又欢喜又感动,眼角闪出泪花。

二十岁的女孩,都应该像白药那样才叫作正常吧?陆简诗一边远远地看着被许多人簇拥着的白药,一边在心里默默地想道。而宁之远,在默默地注视着她,连呼吸也放轻了。

唱完生日快乐歌,许多同学都想要跟白药合照,陆简诗被抓着跟她们寝室的女孩照了一张合照,之后就被人挤到角落去。

突然,手腕传来一股热度,宁之远的声音落在她的耳膜上:"我们现在就走吧。"

到了这个时候,陆简诗似乎没有更好的选择。

本以为白药忙得分身乏术的,但她又旋风一样地挡在陆简诗与宁之远面前,一双狡黠的眼睛来来回回地看着他们,目光中隐隐有几分不确切的得意:"哎呀,你们俩要去哪里啊?去约会吗?"

原来,白药是故意的。

陆简诗瞪大眼睛看着她,她仍然笑意盈盈的,戴了紫色美瞳的眼睛特别水亮动人。

陆简诗想起来,从入学第一天看到白药,她就觉得白药长得很漂亮,也有着与生俱来的气质,但是相处久了,慢慢发现这个女孩子年纪不大,心眼倒是不少。要是不小心做了什么惹到她不高兴的事情,她是不会当场爆发的,而是一直记着这件事,等到有一天再来算账。

白药的话是对着他们两个人说的,但她一直肆无忌惮地看向脸色冰冷的宁之远，一双漂亮的眼睛不停地眨着，生怕他不会看到自己似的。

说起来，白药今天生日，晚上这顿饭她最期待的就是宁之远的出现。尽管，她已经有男朋友了。

"陆简诗不舒服，我送她离开。"宁之远开门见山地说。

"哦？简诗，你觉得不舒服吗？"白药终于转过脸来，看着陆简诗，嘴角旋开一抹诡异的笑，"还是说你现在成了名人，不喜欢跟我们这些同学交往啦？"

她的话刚说完，另外几十个同学异口同声地起哄。

陆简诗无比后悔一时头脑发热就答应白药来参加她的生日会，而宁之远一早就看穿白药的计谋，不自觉地握紧陆简诗的手腕，对站在门口不远的约翰说："陈约翰，是你叫我过来的，我现在有事要提前离开，麻烦帮我把门打开。"

他的气质太冷，声音也透着一股让人不容拒绝的威严。陈约翰看了一眼白药，得到对方的点头示意，才慢吞吞地把包厢的门打开，宁之远直接拖着陆简诗的手腕快步离开。

其他人都不相信他俩就这么走掉了，更有人小声说："真是个大新闻哪！陆简诗跟宁之远是不是在一起啦？"

白药抱着手臂，冷冷地看着他们消失的背影，红润的唇看似无意地呢喃了一句："他们想走就走呗，反正我们刚刚已经拍下了那么多的照片。"

接着，白药很迅速地拉了一个群，吩咐同学们把刚刚拍下来的

喜欢你就点点头

照片分享到群里去,她要开始炮制一条能吸引更多人关注到自己的微博……

  宁之远有一辆低调奢华的银色超跑。

  暗沉沉的夜色下,这辆银色超跑停在路边,线条流畅优雅,无形中变成最亮眼的一道风景。

  如他所料,陆简诗不肯上他的车,但白药选的饭店位置不是很好,这个点路上竟然没有什么车经过。

  她跺了跺脚,有点儿泄气。

  "陆简诗,上车,我送你回去。"宁之远哭笑不得,"我刚刚帮你解围了,你让我送你回去,算表达一下感谢可以吗?"

  宁之远非常了解她,知道她不喜欢欠别人的人情,更何况,路上没有车也没有人,冷清得很,他要是不管她,放她在这里等,还不知道要等到什么时候。

  最后,陆简诗还是乖乖地上了宁之远的车。

  宁之远开车的技术很好,又快又稳,但他害怕陆简诗习惯不了超跑的速度,故意把车速放慢。

  半个多小时以后,宁之远安全地把陆简诗送到她的出租屋楼下。

  "谢谢。"

  陆简诗想拉开车门离开,发现宁之远还没有打开车门锁。

  "宁之远……"

  "等我把话说完,就让你下去。"宁之远并不是有意要把她困在车里，但她确实一直没有给他一个开口的机会，"其实，一年前我也考上了Ｎ大……"

宁之远也考上了Ｎ大？所以，他们以后也会经常在Ｎ大遇到吗？陆简诗目瞪口呆地看着他。

宁之远一直记得，在一年前，陆简诗的第一志愿是Ｎ大，而他的第一志愿也因为她的志愿变成了Ｎ大。

Ｎ大的录取通知书寄到家里来的那天，陆简诗给宁之远发信息，问他瞒了那么久，到底考上哪个大学的时候，宁之远刚回到家，开门的瞬间，却看到爸爸宁俊生一身是血地倒在家里的地板上……

一阵兵荒马乱，宁之远打电话叫救护车，宁俊生被及时送到医院，幸运地被医生救回来一条命。

之后，宁之远又赶紧打电话给妈妈殷红，从殷红断断续续、吞吞吐吐的坦白中，他才知道，原来表面恩爱多年的父母早就感情不和了。殷红有了婚外情，宁俊生受到巨大的打击，从他们婚姻出现裂痕时，他的精神与情绪也开始不对劲。

那几天，是宁之远十八年的人生中，最难熬的几天。

他几天几夜都没有合过眼，一直寸步不离地守在宁俊生身旁。宁俊生醒来以后发现自己被救，一个大男人，竟然当着儿子的面落下了眼泪，而宁之远一直耐心温柔地劝着，宁俊生才答应了他，以后不会再做傻事了。

对当时才刚刚成年的宁之远来说，他还不能完全理解大人的世界，但他想，他是爸爸的儿子，他不能坐视不管。

喜欢你就点点头

"简诗,你应该无法想象我当时的心情是怎么样的吧?"宁之远的嘴角跃上一抹苦笑,"我那时候有想过寻求别人的帮忙,可也知道我爸不会愿意让别人知道他的事情,最后就索性什么事情都吞到肚子里去了。"

"原来……"

听到这里,陆简诗好像被人狠狠打了一巴掌,脑袋是蒙的,一张脸写满难以置信。

她跟宁之远一家认识这么多年,每次看到宁之远的父母走在一起的画面都是恩恩爱爱、和和气气的。曾经有一段时间,她对比自己父母那样,更觉得宁之远父母的感情太好,好得让人觉得他们应该是世界上最幸福的一对夫妻。

哪里想到,在光鲜的表象底下,真相往往都是丑陋且脆弱得不堪一击。

宁之远停顿了好一会儿,才继续说道:"后来,我爸的伤好了,但他很坚决地要回美国处理生意。我猜,从他发现我妈有婚外情的那天起,他就不想留在这里了吧。他那几年总是跑美国,应该就是为了在那边巩固自己的生意。我实在不放心他一个人去……也是害怕他会做出什么不理智的行为,所以去了一趟 N 大,申请休学一年,跟他去美国了。"

陆简诗定定地看着宁之远,从她认识他的那一天起,她看到的他都是意气风发,都是完美无瑕的,他这一次突然回来,她也以为他还是从前那个无忧无虑的富家少爷。

殊不知……真实的人生比她所能想象的，要残酷与严峻很多。

宁之远要说的话几乎都说完了，去纽约一年，他除了每天要看着宁俊生，防止宁俊生再做傻事，还经常陪宁俊生去医院找心理医生复诊。没想到，他在医院里认识了一个做记忆研究的老教授，老教授叫莫林，他便跟着莫林一起做一些课题。

慢慢地，宁之远有了一个更远大的志向——他希望将来自己做的事业是跟记忆有关的。

别人以为他去纽约是玩的，但他连睡觉的时间都少得可怜，每天最多就睡四个小时。而且，他一有空就会给陆简诗写邮件，但她一封都没有回复过。

"啪嗒"一声，车门锁被打开了。宁之远沉吟片刻后，说道："我要说的话说完了，一年前我说过要跟你考同一个大学，我没有食言……"

"其实，你不用跟我解释这么多的。"陆简诗心里弥漫着一股悲哀的情绪。一年前，她确实因为他说过这样的话而暗暗高兴了很长一段时间，可在突然找不到他的人，后来又被别人告知他是去了美国以后，她慢慢想明白，她跟他虽然认识了很多年，但其实什么关系都算不上。那么，她又有什么资格去生他的气，怪他不守诺言呢？

结果，她直到这一刻才发现，她好像错怪他了，他也有自己不能说出口的苦衷，也有自己要守护的秘密，关于他爸爸的事情，那是他的家事，在情在理，他好像也不应该跟她说这么多的。

"我之所以要跟你说个明白，是希望你不要怪我食言……"宁

喜欢你就点点头

之远看着陆简诗的侧脸,语气坚定道。

"我没有怪你,因为,我当时也没有把你的话当真。"说完,陆简诗费了好大的劲才推开车门,匆忙下了车。

刚刚的某个瞬间,陆简诗好像感觉到了宁之远的真心,但是,她觉得自己承受不起。

宁之远没有送她上楼,他从回国的第一天就知道她自己搬出来住了,也知道她住在哪层楼哪扇窗户里。

看着九楼某扇窗户从黑暗到明亮,宁之远坐在车里默默地想:陆简诗,如果一年前我没有离开,我跟你会是什么样呢?

没有人回答得了。

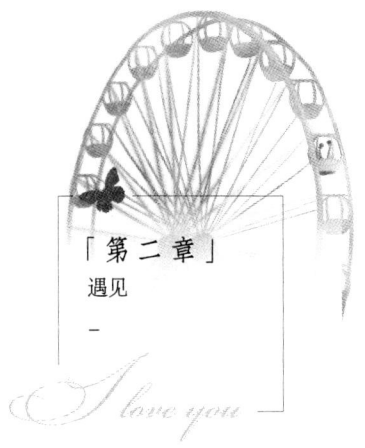

「第二章」
遇见

陆简诗回到自己的出租屋。

还不到十三平方米的小单间，没有厨房没有客厅，有一个卫生间，再摆下一张单人床和一个书柜，已经没有多余的空间。

但胜在租金不贵，再对比学校寝室的闹腾，陆简诗对这里的条件感到很满意。

洗完澡，陆简诗疲惫得想倒头就睡，可刚准备上床，突然就想起刚刚宁之远说的话，她便走到书柜前，书柜底下摆了张电脑桌，上面放着一台用了五六年的台式电脑。电脑没有什么大的问题，就是运行速度特别慢，开个网页都要花上十分钟的时间。

她连上网络，登录已经一年不用的旧邮箱，等待进入邮件页面的时间，她心里默默地祈祷着，邮箱里面最好什么都没有，或者只有垃圾邮件，不然，她之后应该怎么面对宁之远？

过去了六七分钟，浏览器页面终于跳转，无比艰难地进入邮件

喜欢你就点点头

页面。

陆简诗的祈祷落空了,在这一个一年没有使用过的电子邮箱里,连一封垃圾邮件都没有,却塞满了宁之远发来的电子邮件。

陆简诗握着鼠标的手开始颤抖,一双眼睛盯在屏幕上,好像突然刮过一阵大风,瞬间把她心里的一切都掏空。

犹豫再犹豫,陆简诗不自知地叹了一口气,然后把邮件页面拉到最后一页,从宁之远发过来的第一封电子邮件开始看起来……

这一晚,跟以往的无数个失眠的夜晚好像没什么不同,但这一晚,她一边读着宁之远发给她的邮件,一边想起了她与他之间的往事——

陆简诗第一次见到宁之远,是在他们都只有七岁的时候。

七岁的小孩儿能懂什么?可当时只有七岁的陆简诗,在遇到同样也是七岁的宁之远时,就已经明白什么是人与人之间的差距。

当时,陆简诗的妈妈林彩萍带着陆简诗去宁家应征保姆的工作,在林彩萍忙着被宁之远的妈妈殷红面试的时候,陆简诗很乖地没有到处乱跑,只是瞪着一双黑漆漆的大眼睛,充满好奇地看着这个有着四层楼高的乳白色别墅。

这时,二楼的窗户里,有一颗小脑袋探了下来,陆简诗愣了愣,不知道上面的人是谁。然而,这颗毛茸茸的小脑袋像是发现新大陆一般,一鼓作气地跑了下来,来到陆简诗的面前。

小小的宁之远,穿一身黑色西装,梳了个大背头,粉嫩的脸蛋儿特别好看,然后友好地冲陆简诗伸出手来:"你好哇,你叫什么名字?我叫宁之远。"相比之下,小陆简诗穿着缝补过无数遍的旧衣服,如果小宁之远是一抹亮堂堂的彩色,那么她就是暗淡无光的灰白色。

"我……你好,我叫陆简诗。"那时候,小小的陆简诗断然不会想过,她将来会与眼前这个小男孩产生漫长又深刻的羁绊。

就这样,陆简诗在那一年认识了宁之远,林彩萍也很顺利地通过面试,开始替宁家做事。

但之后的很多年,陆简诗没有再去过宁家的别墅,准确来说,是不敢去。原生家庭的不幸,让她早早地明白人情冷暖,也让她成熟得不像是一个小女孩。好像是从小开始,她就不太合群,总是自己一个人,别的同龄孩子的快乐与幸福,跟她都没什么关系。

只有林彩萍有事情走不开,需要陆简诗去宁家别墅找她的时候,陆简诗才会过去。每次过去,陆简诗都像做贼一样,见完妈妈就火烧尾巴一样逃跑,自那以后也没有再见到宁之远一面。

即便这样,陆简诗从没忘记过宁之远。因为林彩萍很多时候都会当着她的面称赞他,说他学习成绩好,待人接物也有礼,还说他总是说笑话逗自己开心。

"小诗,你要是能跟宁少爷做朋友多好啊。"

"我……不想跟他做朋友。"话虽然是这么说,但当年的陆简诗,并不知道有一些种子早在两人最初遇见的那一刻已经埋在心间,不知不觉地生根发芽,正等待着适合的时机破土而出。

时间不紧不慢地往前走,来到陆简诗十六岁的这一年。

那一天,陆海不知怎的在外面喝醉酒伤了人,公安局的人打电

喜欢你就点点头

话到他们家去。陆简诗这边挂了电话又连忙打给林彩萍，结果她习惯忙活的时候不看手机，陆简诗着急得不行，只好亲自跑去宁家别墅。

宁之远在跟朋友打电动游戏，门铃响了好一阵，林彩萍才去开门。

"妈！"

"小诗，你怎么来了？"林彩萍小心翼翼地看了一下通往楼上房间的楼梯。宁之远的家有四层，总共四百多平方米，除了她还有另外两个用人一起干活，但工作仍然很累很辛苦。

"妈，爸出事了……"

"什么？"林彩萍连忙摘下手套和围裙，平时在宁家走路很轻，也很小心翼翼的她这一刻什么也顾不上了，连忙火急火燎地跑去二楼找宁之远。

宁之远听到敲门声就出来了，听完林彩萍的话，俊秀的眉毛轻轻拧了一下。

他意外地发现陆简诗也来了。仔细说起来，他已经很长一段时间没有见过她了。偶尔能看到她过来找林彩萍，但每次逗留不过两分钟就离开，他每一次都只能看到她的侧脸或者背影。

没想到，她已经出落得亭亭玉立了。

"宁少爷。"看到宁之远在发呆，林彩萍等了等，还是开口叫了他一声。她以为宁之远在生气自己找他请假的事情，脑袋埋得很低，几乎不敢看他的眼睛。

"这样吧，我打车送你们过去。"缓了几秒，宁之远开口说。

"啊？不用，不用！"林彩萍起初以为自己听错，待反应过来以后，慌张地摆摆手，"我跟小诗过去就可以了，不用麻烦少爷……"

"等我送你们过去了，再给我爸或者我妈打个电话。现在叔叔是什么情况也不知道……"宁之远头头是道地分析着，眼睛转啊转的，不时瞟向沉默地咬着嘴角的陆简诗，然而，她似乎没有正眼看自己，"要是到那边需要，我也许能帮上一点儿忙。"

多个人跟着一起过去，总归是好的。

公安局里，陆海还没酒醒，一张脸被酒精烧红，眼睛也异常明亮。整个人摇摇晃晃的，说着胡话，被几个警察紧紧看着。

被陆海打伤的人一脸无辜地坐在旁边，是一个很年轻的男人，跟警察说他和几个朋友喝烧酒的时候，喝多了的陆海突然冲过来，发酒疯，抄起一只喝完的酒瓶子往他身上砸过去。

林彩萍和陆简诗赶到时，陆海醉得根本不认得自己的老婆和女儿，还很不客气地把林彩萍推倒在地，嘴里骂着脏话。

这时，沉默了很久的陆简诗爆发了，几个大人没料到她突然发狂，抓也抓不住。

陆简诗几步上前，双手紧抓着陆海那件皱巴巴的衣服的领口，愤怒地质问："你之前不是答应过我和妈妈，说会戒酒戒赌吗？怎么没几天你又喝上了？你之前抢走妈妈的钱，是不是都花没了？"

宁之远的双腿像灌了铅一样，震惊得忘了上前阻止这一切。那是第一次，他看到这个瘦弱，也异常沉默的女孩，第一次爆发自己的情绪。

"妈妈在外面辛辛苦苦地赚钱，你却一天到晚在外面闯祸！你有没有良心啊?陆海,你回答我!"

陆海没有回答她,因为,他对着陆简诗的衣服吐了出来……

之后,陆简诗默默地去卫生间清理爸爸吐在自己身上的呕吐物。她在卫生间里待了很长的时间,衣服只有这么一件,也不可能脱下来,只能拿纸一点一点地把那些脏污给弄掉。但洗完之后,那股呕吐物残留的臭味还是经久不散。唯一幸运的是卫生间里有烘手机,可以把那一块她清洗过的地方给烘干。

那一刻,她再次明白,人与人之间的差距原来可以这么大。

同样都是十六岁的年纪,宁之远长得英俊挺拔,陆简诗也漂亮耐看,两个人在各自的学校里都表现得很优秀,总是拿不错的成绩……可陆简诗心中知道,自己不如其他人,尤其是在宁之远面前。

陆简诗跟宁之远的关系,在陆海闯祸被送进公安局那件事之后,发生了实质性的变化。

不知道从什么时候开始,宁之远开始主动去找陆简诗,有时候恰巧"路过"她的学校,顺便等她放学以后一起走;有时候又会让林彩萍把陆简诗叫来别墅,然后他认真地坐在她的面前,拿出自己的作业,跟她讨论起功课来。

一开始,陆简诗不知道这家伙打着什么主意,更没有想过,自己有一天会跟宁之远坐在一起讨论学习。

那时候,她明知道是应该抗拒的,抗拒跟他的接近,但是,她又没有办法做到远离。

很奇怪不是吗？两个人的身份天差地别，可是，却不知不觉地朝着彼此靠近再靠近。

十七岁的暑假，宁之远叫上陆简诗一起去隔壁的L城，去听一个叫作魏德朗的美籍华人记忆学教授的讲座。

"魏德朗？"陆简诗也听说过这个教授。魏德朗在美国很出名，是个美籍华人，年纪还不到三十岁，独创了一套记忆方法让千万人收益。而宁之远之所以叫陆简诗跟他一起去听讲座，是因为通过一年的接触，他发现陆简诗的记忆和心算都特别厉害，他总有一种感觉，陆简诗将来在这两个领域会有很不错的发展。

"我不去。"那时候，陆简诗已经在做兼职了，但这件事，就连她妈妈林彩萍也不知道，她又怎么可能会让宁之远知道。

"去吧，去吧！"宁之远仿佛看穿她的心事，"车费吃住我包了，住宿的地方我们一人一个房间，就去L城住一晚，第二天听完讲座我们一起回来，怎么样？"

也许，是当时宁之远太真诚了，又或者她也对那个魏教授的讲座很感兴趣，鬼使神差地，她答应了。

两人一起坐动车来到L城，让陆简诗意外的是，宁之远找的住宿地方离讲座的地址很近，但酒店一点儿也不高档。陆简诗不知道，宁之远这么做也是为了她，怕她不肯入住太贵的酒店，反而会惹她不开心。

晚上，宁之远问陆简诗想吃什么，陆简诗随手一指，附近有个

喜欢你就点点头

烧烤摊,宁之远一口就答应了下来:"好啊,我们就去吃烧烤!"

"你喜欢吃烧烤?"陆简诗听妈妈提过,宁之远的嘴巴挺刁的,像他这种家里条件比较好的少爷,也应该没有机会吃路边摊才对吧。

宁之远反而大大咧咧的,拿出纸巾简单擦了擦桌子和椅子,才让陆简诗坐下去。

"我喜欢啊。"

"不像。"陆简诗轻轻地努了努嘴。

宁之远的眼底跃上一抹笑意,语气却是温柔的:"你不知道的事情多了去,以后多找机会了解我的喜好吧!"

陆简诗愕然,不知道怎么回答这家伙这句看似开玩笑的话,老板救急一样地把他点的烧烤给端上来。

两人吃饱喝足,然后步行回到酒店休息。

晚上九点多,陆简诗准备看会儿书就睡觉,奇怪的是,她的脑海里一直跳跃着宁之远跟她吃烧烤时说的话或者露出的笑脸。她的面庞慢慢跃上红晕,连书本拿反了也不知道。

突然,酒店房间的电话响了。

"简诗,救命啊!"

"啊?"刚想到宁之远,宁之远恰巧就打电话来了,陆简诗莫名紧张,握着电话的手一抖,话筒掉到了地上去。

"我好像吃坏肚子了……"

接到宁之远的求救电话以后,陆简诗连忙穿上外套,然后去到宁之远的房间，扶着他去了距离酒店不远的一家诊所。

两小时之前还活蹦乱跳，开玩笑不打腹稿的活泼男孩儿，一下子变得蔫蔫的，陆简诗的心中很不是滋味："应该是烧烤不太卫生。"

宁之远惊喜她在担心自己，可这个时候真笑不出来，只能露出一个比哭还要难看的笑容："不怪吃的，是我肠胃不好而已！"

果然，诊所的医生检查出来的结果也是说宁之远吃了不卫生的食物引发了肠胃炎，要吃药还有打点滴才能好起来。

"怪我。"陆简诗小声地说，"我们晚上不吃烧烤就好了。"

"傻瓜，是我拉着你去吃烧烤好不好？现在还要麻烦你送我来诊所打点滴呢。"

两个人僵持了一会儿，还是陆简诗先败下阵来："希望你明天还能好好听讲座。"

"当然啊……你陪我看病，不药而愈。"最后四个字，带着一丝甜甜的味道。

陆简诗的脸红得爆炸。

"你坐在这里等我一下，我去给你买点粥。"帮宁之远拿好药，陆简诗飞快地撂下一句话，转身就跑了。

"陆……"宁之远忽然傻笑了起来，虽然身体难受，但是能得到陆简诗的关心以及陪伴，他觉得好值！

不久，陆简诗气喘吁吁地赶回来。

宁之远看着她从远处跑到近前，心里灌满蜜糖似的，觉得她是世界上最好看的女孩儿。

喜欢你就点点头

"宁之远,喝点儿热粥吧!"陆简诗把刚买来的热粥递过去。

宁之远看到陆简诗一晚上为自己忙前忙后的,心中感动不已。他原以为,她有可能一直不肯向他打开心扉,不论他做多少努力,她对他都是冷冷的态度。

原来,并不是这样的。

"好,你喂我,我就吃。"

陆简诗的脸通红,本来想说一句"你爱吃不吃",但她也知道宁之远是在开玩笑。下一秒,他想用另外一只手拿过她手上的粥,自己一点一点地吃。看到他行动不便,她咬咬牙:"张嘴。"

宁之远以为自己看错了、听错了,眼睛瞪得很大,一脸吃惊地看着陆简诗。

"快点儿……"陆简诗的脸继续发红,连耳根也开始烧起来,"不然,你要这样子吃到天亮吗?"

"咳咳……"听了陆简诗的话,宁之远的脸也跟着红了一层,看来玩笑是开太大了。但是,他很难得看到她这个样子,觉得她……真的很可爱,"好,我吃,谢谢你。"

陆简诗给宁之远喂热粥,宁之远吃得很慢,每吃一口就肆无忌惮地看着陆简诗。陆简诗不敢触到他炙热得不行的目光,一直别扭地转过脸,都要把脖子给扭歪了。

时间过得很慢、很慢,一碗粥,竟然吃了大半个小时。

后来,宁之远太累了睡着了,陆简诗一直守在他的身边,看着他疲惫但依然英俊的睡颜,心跳慢慢加快,让她有了一种不曾体验过的感觉。

原来喜欢一个人,是这样的感觉。

翌日一早,宁之远起了个大早,胃不疼了,人也精神回来了。

想起昨晚跟陆简诗去诊所发生的一切,他的嘴角带着好看的笑容,果然"不药而愈"了吧。

"早啊。"陆简诗主动去到宁之远的房间找他,"身体还好吗?"

"放心,已经全好了!"宁之远笑了笑,"我们出发吧,先吃东西,然后就去听讲座。"

等到陆简诗与宁之远慢悠悠地来到讲座现场时,他们一脸惊讶地看着大教室里已经坐满了人。

只剩下后面的位置还空着,他们默契十足地跑过去坐下来。

一阵骚动以后,传说中的魏德朗出现在所有人的面前。

"哇,好帅!"

魏德朗一出现就引起不小的轰动,尤其是慕名而来的女同学,尖叫声此起彼伏,仿佛一个大型追星现场一般。

"简诗,你觉得魏教授帅不帅?"

看到身旁的陆简诗也眼睛一眨不眨地看着魏德朗,宁之远好像有点儿吃醋了,满是醋意地问。

"帅啊。"陆简诗想也不想就回答。

"那我呢?"宁之远的语气不自觉地拔高几分,很认真地问。

陆简诗这才回过头来看向气鼓鼓的宁之远,她竟然被他这个样

喜欢你就点点头

子逗笑了。人家魏教授是成熟型帅哥,而宁之远……她定定地看向他,嘴角弯弯:"你比较耐看。"

这时,魏德朗已经走到讲台上,伸出双手往前一压,示意所有同学安静下来:"同学们好,我是你们这一次的讲座教授,我叫魏德朗……"

让底下所有人都觉得惊奇的是,魏德朗虽然是混血儿,从小就在美国长大,可是他的中文说得特别好,只夹杂着一点儿不太明显的外国口音,加上他声音低沉,带着一丝性感,即使是简单说话也无比动听。

讲座很快就开始了,一开始魏德朗就询问台下的同学有没有意愿上来帮忙,宁之远很兴奋地把手举得高高的。

魏德朗一眼就挑中了他。

宁之远很自信地走到台上。站在魏德朗身边的他,显得十分青涩,可他同样是好看的,他们俩就这样站在一起,台下有许多同学忍不住尖叫了起来。

仿佛,台上的两人是偶像明星一样。

魏德朗还要再请同学上来。

"就再请两个女同学吧!"

这一次,举手想要上台的女生比之前还要多。也许是被那么多人带动了情绪,稍稍犹豫了几秒钟以后,陆简诗也弱弱地举起自己的手。

魏德朗看到现场的同学群情澎湃,忽然也没了办法,不知道该怎么选。他貌似头疼异常地扭过头去，问起旁边的宁之远："宁同学，我相信你的眼光，请你再帮我选两个女同学上来吧。"

宁之远伸手指向陆简诗："教授，我想请我的同学一起上台来。"之后，他又选了另外一个不认识的女同学。

"待会儿我要给大家展示的，是我的心算能力。"

心算？台下有人开始感到疑惑，心算是数学运用能力而已，而且普通人经过长时间的锻炼，也能提高心算能力。而魏德朗教授不是要讲大脑吗？跟数学能力好像没什么关系吧？

台下响起各种交头接耳的声音，说话的声音不小，台上的人也能听得清楚。

陆简诗对这些人的言论感到有些无语，心算也是大脑记忆的一项重要技能，确实是跟大脑有关系的。

请三个人上来，魏德朗让陆简诗出题目，另外一个女同学负责验算，而宁之远则负责拿手机计算答案。

魏德朗的大脑展示正式开始——

【第一题：79852+45632】

"答案是125484。"让所有人觉得惊奇的是，魏德朗只是简单扫了一下题目，脱口而出就是一个正确的答案。

另外一边，宁之远用手机计算器计算答案，还比他心算要慢了两秒。

【第二题：58426-35741】

"答案是22685。"同样地，魏德朗很快就说出了答案。宁之远摁着手机的小键盘,还是比不过他。

台下响起一片掌声。

陆简诗简直要被震撼到了,她没有想过,心算的魅力也会这么夺目、绚烂。

【第三题:77520/456】

刚刚前面两道题,一道是加法,一道是减法,计算起来不是很难,但第三题是除法,需要大量的运算技巧,难度一下子升级了不少。

魏德朗看着题目,一双碧蓝的眼眸闪着光,脑袋在高速运转着。

吸取了前两次的经验,宁之远的手指飞快地摁着手机计算器,眼看着要比魏德朗先公布答案。

"170!"下一秒,魏德朗高声说出答案。

宁之远心服口服,把手机高举,也跟着报了一个数字:"是170。"

台下掌声雷动,经久不息。陆简诗与宁之远都无比崇拜地看着魏德朗,仿佛他是神一样的存在。

……

陆简诗还记得那一天,她和宁之远听完魏德朗的讲座以后,在回N城的动车上,两个人的心里始终热血澎湃,但一直没有跟对方说话。

快要到N城的时候,陆简诗才听到宁之远开口,他的声音有几分颤抖,似乎是酝酿了很久才敢说出口:"陆简诗,我们将来考同一个大学吧?"

陆简诗愣了几秒，不知道他为什么突然说这个。

"我觉得，我们是相似的人，我想要跟你一起努力，往同一个目标前进。我觉得N大很好，你觉得呢？"

就是那个瞬间，陆简诗听了宁之远的话，忽地觉得N大是很好。宁之远说它好，它就一定是最好的。

可是，宁之远食言了。就在他去美国纽约的那一天，林彩萍出了车祸，等到陆简诗赶到医院的时候，一切都太晚了。

林彩萍是在出去买菜的时候遭遇的车祸，肇事司机逃跑了，陆简诗先是给陆海打电话，预料中的电话一直不通。万念俱灰之下，她想到给宁之远打电话，她想，他会赶过来帮自己的吧？

结果，她也一直联系不上宁之远。

十八岁的陆简诗，身边没个能帮上忙的人，只知道医院的人一直催促她付费，还有负责安葬的人一直在她身边打转，说有什么套餐，让她选一个给她妈妈使用⋯⋯

那一天，像是世界末日了吧？

陆简诗不知道那一天到底是怎么过来的，连哭泣和悲伤的时间都没有，像个陀螺一样转个不停，直到麻木，才办妥了妈妈的后事。

N大入学报到的那一天，陆简诗终于从以前的同学口中得知宁之远在她妈妈去世的那一天去了美国。几乎所有人都以为宁之远是潇洒去了，陆简诗听到这个消息以后，也有着同样的想法，她的心里仿佛被一块大石狠狠压着，痛得厉害，又喘不上气。

喜欢你就点点头

那天晚上,她迅速换了电邮和手机号码,想要重新开始,也想要跟宁之远一家切断所有联系。后来,她变得更封闭自己的内心,浑身上下写着"生人勿近"这四个字。

她没想过宁之远还会再回来,更没有想过,他一直都想要跟自己联系。

本以为上了大学也跟以前一样,过着不合群,又必须十分努力才能得到一点点回报的生活,没想到开学还不到两周,陆简诗在学校重遇有过一面之缘的魏德朗。准确来说,是魏德朗听说了她的成绩还有以前参加过的校园比赛,所以特意来找她的。

"魏教授,您找我?"陆简诗受宠若惊,她不会忘记当时在L城听完他的讲座以后,心里受到的巨大触动。

"是的,我想问你有没有兴趣加入我的记忆协会?"

原来,魏德朗打算来中国发展,然后被N大的校长聘为特邀教授,每一周都会来N大授课。他的专长是记忆学,想要在国内开设记忆学的课程。

之所以特意来找陆简诗,是因为魏德朗跟N大的一个教授关系很好,而这个教授很喜欢陆简诗,说她头脑聪颖,而且肯努力,于是把陆简诗介绍给他。

之后的一年时间,陆简诗除去上课和打工的时间,便会去听魏德朗的课。他喜欢出题考查他的学生,但每一次,只有陆简诗能拿到最高分,表现十分出色。

魏德朗很满意陆简诗这个学生,所以,他后来才会想着带她一起上《记忆训练营》这个节目。

……

仿佛做了一场大梦,陆简诗花了一整个通宵,不仅把宁之远这一年来发给她的所有邮件都看完,还顺便把之前的十八年人生中,尤其是关于跟宁之远认识以后发生的点点滴滴,通通回忆了一遍。

等到她反应过来,才发现外面的天色已经亮透了,她一整晚没有睡觉,也不觉得困。

下了楼,陆简诗打算绕着出租房附近跑个步,然后去旁边的早餐店吃早餐。不承想,她刚跑完二十分钟,浑身大汗地来到早餐店要买早餐的时候,宁之远的声音从身后传来:"老板,两份油条,两杯豆浆。"

陆简诗脸庞发热地回头,撞上宁之远一双带笑的眼睛。

"早啊,陆简诗。"

"你……"

"我昨晚没有睡好,所以特意早早起来,到这个早餐店吃早餐。"

"顺便,看能不能遇上你",后面这句话,宁之远没有说出口。他的语气十分轻快,仿佛真的只是偶遇而已。

等到老板把宁之远的早餐做好,他便直接拉着陆简诗进店里面坐,然后把另外一份油条和豆浆推到她的面前。

"感觉你昨晚也没睡好,快吃吧,中午还要去电视台录制呢。"

什么?陆简诗蒙了,要不是昨晚发生这么多事,她回到出租屋以后还看了一通宵的邮件,肯定不会把今天要录制第二期《记忆训

喜欢你就点点头

练营》的事情给忘了。

"你这个表情……该不会是忘了吧?"

陆简诗没有说话,只是狼吞虎咽地把手上热乎着的早餐给吃了。等吃完以后,她才想起来早餐是宁之远买的。

她都有点儿不敢抬头看他了,模棱两可地说:"我把早餐钱给你。"

"不用了,下次请我吃早餐就好。"顿了顿,他又说,"你赶紧上去休息一下吧。"

陆简诗这一次没有跟他客气,因为她不仅需要休息,还要花时间去准备一下,她从来不打没有准备的仗。

看着她的身影很快消失在早餐店的门口,宁之远忽然觉得手上的豆浆油条是世界上最好吃的,明明他也一整晚没有睡,但依旧精神奕奕。慢慢地,他的嘴角挂上了心满意足的笑容。

第二次到电视台,陆简诗这一次没有迷路,也不用跟在魏德朗的身后才能找到化妆间。

到了化妆间,她就自觉地等候化妆师给自己弄妆发。

化妆师特别喜欢陆简诗,觉得她很安静,不像其他人那么多事,于是主动找她聊天,还夸她第一期的节目表现很出彩。

听到别人赞美,陆简诗有些局促,除了说一声"谢谢",好像也不知道该说什么才好。

"陆小姐,你加油,这个节目要是火了,你也会身价猛涨。"

节目火了？身价猛涨？陆简诗纳闷，节目火了跟她有什么关系吗？

这时，林爽也来到化妆间了，身边还围绕着两个女助理，一看到自己看上的化妆师被陆简诗霸着，也不说话，只是迅速地抬起脚步移动到她们身边，让化妆师一眼便看到自己。

"爽姐，你来啦？"果然，化妆师一看到林爽，脸色一变，笑容端上，露出八颗牙齿，也不再搭理陆简诗，马马虎虎地把她最后的妆发弄好，就让她赶紧站起来，把位置让给林爽。

"麻烦，谢谢。"

林爽刚坐下来，突然想起陆简诗昨天上了微博热搜，连忙叫助理帮忙把她叫回来。

陆简诗蒙蒙的，不知道这个流量明星找自己有什么事情。她一向不关注八卦娱乐，昨晚在白药的生日会上，有十几个同学问她"林爽私底下是什么样儿的"，可她在录制第一期节目的时候跟林爽没有说过一句话，对这样的问题真的无可奉告。

"你好，请问有什么事吗？"

本来，林爽昨天看到跟自己上同一个节目的路人也能上微博热搜，心中怒火大起，刚来到化妆间又看到她跟自己抢一个化妆师，心情更是不好，这下叫她过来，她也不像普通人看到自己那样露出讨好的脸色……要不是碍着有旁人在场，林爽肯定就冲陆简诗发火了。

"同学，这里有一些待会儿节目上会出的题目，你帮我看一下，

喜欢你就点点头

然后拿笔把解题过程跟答案写上去。"

林爽的话轻飘飘的,语气一点儿也不真诚,倒像是吩咐助理给她跑腿买咖啡一样的态度。

陆简诗愣了好一会儿,饶是她头脑聪明,也一时半会儿没有办法理解林爽这句话的意思。

什么叫作"待会儿节目上会出的题目"?题目不都是录制以后才会知道吗?这样才能保证六个人是在一个完全公平公正的情况下进行答题和比赛,怎么这个人……这个明星事先就拿到题目了?

"喂,你还愣着干什么?"林爽不耐烦地冲着镜子里面呆若木鸡的陆简诗吼,"赶紧把题目拿去,然后去解题啊!"

"林小姐,"权衡再三,陆简诗决定不能这么做,先不说这些题目待会儿会不会出现,最重要的是,林爽这样做好像不符合节目的规则,"我不想帮你这个忙,请你找别人吧。"

说完这句话,陆简诗转身要走,然而走了几步,她又觉得不妥:"林小姐,我相信《记忆训练营》是一个很公正公平的节目,而你自己又是名人,应该比我更懂得这样的道理。"

终于把心中要说的话说完,陆简诗狠狠地松了一口气,然后头也不回地走出化妆间。

林爽愣了一下,一股怒气也随之而来,要不是妆发还没弄好,化妆师赔着笑脸地把她摁回椅了上,她都不知道自己会做出什么事儿来。

这个叫陆简诗的到底什么来历,竟然敢顶撞我?还不肯帮我?

林爽腹诽着，眼里闪过一抹凶狠的光，很快又恢复如常。因为，她想到了一个好玩的点子。

《记忆训练营》第二期正式开始录制。

经过上一次的录制，陆简诗原以为镜头前的自己不会像上次那样僵硬，可她始终不知道怎么找机位，更不知道当镜头扫向她的时候，怎么保持微笑。

相比较之下，宁之远和魏德朗的镜头感很强，更何况不是第一次录制了，他们显得驾轻就熟。

录制的过程还是很顺利的，这一期比第一期加了一些说话的内容。他们录制前每个嘉宾人手一份，也都对过台本。就算陆简诗的镜头感很差，表情和肢体都是僵硬的，但照着台本念那些话也足够应付了。

她的记忆力不错，台本也不是很难，简单背一下就过关了。

按照节目组的安排，念完台本以后，他们会跟上一期一样，进行随机分组，然后埋头做题。

然而，谁都没有想到，林爽会在这个时候走到陆简诗的身边，脸上绽开一个嫣然的笑容，对她说："陆简诗，听说你是走了不少的关系才上了这个节目，是不是呀？"

导演反应迅速地做出一个"切断"的手势，示意录制中止。

"怎么回事？"

林爽是节目组请来的三个明星中名气最大的，也算是二线的女

喜欢你就点点头

明星,听到她突然说出这么一句话,现场的人都围上来看个究竟。

陆简诗不知道林爽为什么会突然这样说,虽然导演把录制中止了,可是谁都没有要阻止林爽继续说话的意思,而林爽气势逼人地看着她,仿佛不从她的嘴巴里得到一个让自己满意的答案,就不会罢休。

"爽姐,台本里没有这一句哦!"场务立刻小跑过来,讨好地对脸色不善的林爽说了一句。

林爽抱着手臂,露出一个意味深长的笑容:"等陆简诗把话回答完了,我们就继续录制。不急呀,也不差这几分钟吧!"

导演头疼地皱了皱眉,这里的人谁都可以得罪,偏偏就不能得罪林爽。

"我……我不知道你在说什么。"陆简诗第一次面对这样的情况,她要怎么回答?她是魏德朗带过来的,他们俩就是最普通的师生关系,这样的关系也要当着那么多人的面说出来吗?

"爽姐。"这时,宁之远及时站了出来,"陆简诗不是通过关系上这个节目的,她跟我是校友,我了解她……"

"陆简诗是我的学生,是我带她来这个节目的。"魏德朗主动走到林爽的身边,他本来就长得英俊,嗓音更是低沉温柔。

林爽不由自主地抬头看着魏德朗,又听到他说:"爽姐,你和我的学生不会是发生什么误会了吧?"他的年纪要比林爽大几岁,但还是跟其他工作人员一样,每次见到她都会扬起灿烂的笑脸,也会客气地叫她一声"爽姐"。

魏德朗碧蓝色的眼珠子微微一转，林爽忽觉心神动荡，脸颊迅速地跃上一抹粉红。

陆简诗听到魏德朗这么说，很容易就想到了化妆间的那一幕，林爽让她帮忙答题，她不肯帮忙的那件事。

陆简诗只知道，林爽是因为刚刚那件事所以要故意闹这么一出，但让她意想不到的是，事情才刚发生不久，林爽就已经迫不及待地在录制现场出这一口气了。

宁之远看了看林爽，又看了看刚刚替陆简诗解围的魏德朗，眼眸微微一敛，不知道在思考什么事情。

"算了算了，继续录吧！"看到陆简诗露出十分难堪的表情，林爽的心情顿时明朗了不少，她嘴角一勾，装作大度地挥挥手，表示不再计较这个问题。

录制继续，这一次陆简诗是跟另外一个明星分到一组，而林爽跟魏德朗仍然是一组，宁之远也被分到跟另一个明星一组，但他的目光时不时地穿越所有人，准确无误地看向陆简诗。

拿到题目以后，陆简诗的脑袋发出"轰"的一声巨响，是刚刚林爽特地给她的题目，她虽然没有帮林爽解题，但也是匆匆地瞥了一眼题目才还给林爽的。

这次跟陆简诗一组的明星是个新人，她看完题目以后，只觉窒息一般难受："天啊，我连题目都看不懂，怎么做？"

陆简诗才反应过来，她努力压制心中的各种疑问，开始埋头计

喜欢你就点点头

算这道题目。

"我们这边完成了!"

没多久,所有人都听到林爽的一声惊呼。

陆简诗愕然地回过头去,却看到林爽朝着自己露出阴恻恻的笑容,她吓得心脏一顿,然后又听到林爽说:"魏教授把题目算出来了。"

……

第二期《记忆训练营》的录制结束以后,导演找人跟陆简诗说,让她回家以后开通一个新浪微博,然后把微博提供给他们,他们就会有人帮忙给她做身份认证。

"开微博做什么?"

"当然是方便粉丝们找到你啊。"宁之远忽然从后面冒出来,帮那个工作人员给陆简诗解释道。

"我应该不需要开微博。"陆简诗脱口而出。

"傻瓜,我们每个参赛者都要开通微博,这样不仅可以给节目带来更好的宣传,我们的粉丝也能通过微博找到我们。"

粉丝……陆简诗不敢想象自己也有拥有粉丝的一天。只是,听到宁之远久违地叫自己"傻瓜",她的眼神不禁游移了几秒。

"哦,我了解了,谢谢你。"

陆简诗本来想着要等魏德朗一起走,她有话想要私下问他。

然而,魏德朗这一次也没有空,让陆简诗自己先走。

"陆简诗,我跟你一起走吧。"宁之远幽幽地看着陆简诗,轻轻说了一句。

"我还要去一个地方,所以不跟你走了。"陆简诗没有说谎,被魏德朗拒绝以后,她临时决定到医院看看陆海。

"等一下。"已经离开电视台,宁之远也不避嫌了,匆匆地跑到陆简诗的面前,认真地看着她说,"只要是有镜头扫到的地方,就会存在剧本。可能你还不习惯,等以后再多录几期,你就会慢慢适应的。"

多录几期?陆简诗忽然觉得心好累,那个林爽既然可以提前弄到题目,就证明这个节目不是公正公开的,林爽既然不能从她的身上拿到解题思路以及结果,完全可以去找别人……那个别人,会是魏德朗吗?

所以,她才想要跟魏德朗一起走,然后找个机会好好地问问他。他是她的老师,总不至于说谎欺骗她吧?

可是,他要是实话告诉她,是他提前做好了题目,所以录制时才会这么快就给出答案,那她又要怎么面对他?

再怎么说,魏德朗都是她的老师,还是带她上这个节目的恩人。

"陆简诗,你在想什么呢?"看她一直不说话,脸色也不是很好,宁之远不放心地问了一句。

"没想什么,谢谢你告诉我这些。"说完以后,她又一次从宁之远的眼皮底下离开了。

也对,宁之远都懂得的道理,她跟他一样的年纪,不懂也要学

喜欢你就点点头

着去懂，不然，下一次肯定又要遭到别人的刁难。

下一次看到林爽都要绕路走了，她可不想被这个大明星惦记上。虽然觉得这个节目跟自己想象的不太一样，但既然已经参加了，还是要坚持录制完，不能中途放弃。

两周以后，第二期的《记忆训练营》播出来了，比第一期的收视率涨了一倍之多。第二期播放的当天晚上，陆简诗又一次上了热搜。除此之外，林爽也上了热搜。

可谁都没想到，到了深夜的时候，热搜榜单再一次发生了不可思议的变化，最新一条热搜竟然是"陆简诗、宁之远和魏德朗的关系"。

事情的起因是一个大V（在微博平台上获得个人认证，拥有众多粉丝的用户）看完这一期的节目以后，发现虽然宁之远跟陆简诗没有被分到一组，但经常会看向陆简诗那边，之后就发表了自己的言论。没想到其他观众也有这样的感觉，便纷纷转发大V的微博，并且在网络上写下各种各样的感受与评论。

很多人都觉得，三个明星在这三个素人面前，真的显得不堪一击，智商不在一个水平线上，还经常吐槽节目组出的题目太难等。

不仅如此，大部分的观众都认为陆简诗、宁之远和魏德朗三个素人不仅记忆力惊人，就连CP（情侣）感也很强，还纷纷在微博上大胆猜测，不知道陆简诗会喜欢他们中的谁。

深夜的时候，陆简诗被各种各样的电话还有信息吵醒。她都没想过自己有一天会被那么多人找，迷迷糊糊地按下接听键，只听到电话里传来疯狂的叫声:"陆简诗,你又上热搜了!"

再仔细一看,她根本没保存这个疯狂尖叫的同学的号码,也不知道对方是谁,又是怎么拿到她的电话号码的。

把这个电话掐掉,没过几秒,另外一个电话又打进来,陆简诗简直要抓狂了,她直接把手机关机,可是后半夜,却无论如何也睡不着了。

陆简诗从床上爬起来,登录刚开通几天的微博,一看到那个粉丝数量,她还以为是自己没有睡醒,眼睛花了。过了一会儿,她看清楚那个数字以后,狠狠地倒抽了一口凉气。

才几天时间,她的微博粉丝已经快三万了!

各种各样的@(微博常用符号,用来呼叫某人,以引起关注)和评论让她看不过来,都是因为看了《记忆训练营》这个节目才关注她的,其中一半的人疯狂地表达了对她的喜爱以及赞美,还有一半的人疯狂地骂她,说她假惺惺的,说她没有林爽那么讨人喜欢……

陆简诗抱着并不十分美好的心情看完这些言论,她早就知道有一个词语叫作"键盘侠",可没想到有一天这些"键盘侠"会跑到自己的眼皮底下撒欢。

算了算了。

陆简诗准备关掉网页重新回床上睡觉时,电脑右上角突然提示有一封新的邮件,她移动鼠标打开来看,竟然是宁之远十秒钟前发给她的。

她打开邮件看。

"简诗,我相信你一定会越来越好的。"

也不知道宁之远是怎么想的,他明知道陆简诗已经换了新的邮箱,还是给她的旧邮箱发来邮件。也许,他就是想给她一点鼓励吧,用这么一种最普通的方式。

陆简诗反反复复地看着这封邮件,算上标点只有十几个字,却莫名感觉眼睛变得酸胀,然后,一股温热的液体顺着脸颊落在她的手背上。

宁之远,你对我的鼓励,是因为同情,还是因为心疼呢?

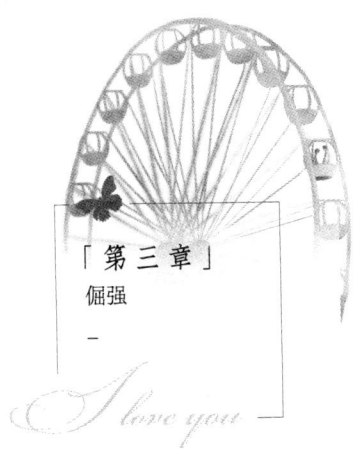

「第三章」
倔强

周末。

陆简诗没有睡懒觉，还是跟以前一样早早地爬起来，简单地洗漱一下就出了门。她先吃好早餐，然后坐公交车到市中心的百货商场做兼职。

到店铺以后，老板刚好没在，陆简诗还想跟他请假，说下个周末可能不会过来上班。店里只有老板最近刚交的女朋友在，她看到做兼职的来了，也没有仔细看陆简诗，一边嗑着瓜子，一边抬起手指向堆放在商店门口的熊熊套装，语气恶劣："那个谁，你穿上这个，然后把桌子上的传单给派发出去。"

陆简诗工作时很听话，但也没有试过穿熊熊装去派发传单，因为老板习惯把这种活儿交给另外一个也是兼职的男生去做。可能是那个男生今天有事请假了吧，所以只能交给陆简诗去做。

陆简诗很快就把熊熊装换上，然后把桌子上摆放着的将近五百

喜欢你就点点头

张的传单拿上，到商场里去向来往的人派发传单。

派发传单不难，难的是要穿上这种闷不透风的熊熊装，现在是夏天，虽然商场开了中央空调，可她整个人闷在里面，连呼吸都很困难。

时间一分一秒地溜走。

陆简诗已经适应派发传单这种事儿时，很多人都争着过来跟她一起合影留念。还有一些小孩儿没轻没重的，拿手打她，踹她，然后哈哈大笑地跑开。

陆简诗躲在厚实的头套下，心里像是塞满了千百只柠檬，又酸又涩。

有些事情，看上去真的很简单，但做起来，真的很难、很难。

到了中午，陆简诗掂量了一下手上传单的重量，应该还有将近二百张没有发出去。然而，她的脸上、身上、脚底，就连发丝都被汗水弄得湿答答的，十分不舒服。她想抬起手抹一下脸，才想起来她根本抬不起手。

这时，一抹熟悉的人影从她眼前飘过。

陆简诗一看到宁之远在自己的眼前出现，下意识地往后面退了几步，不小心撞上后面的人，被大声骂了一句，她才记起来，自己穿着笨重的熊熊装，对方根本看不见自己啊。

只是，宁之远怎么会自己一个人到这边来？

这个商场距离学校很远，陆简诗当初跑过来做兼职，也是因为这里离学校远，应该遇不到N大的人。

下一秒，连宁之远自己也没想到，他的出现会引来一阵欢呼声。

是的，一个与她年纪相仿的女大学生先认出他来的，然后花痴地叫了一声："宁之远！是《记忆训练营》的那个宁之远！"

紧接着，附近的人都注意到他了，有些看过节目的，纷纷跑上前来围观他。

宁之远转身想要逃跑，很快发现前后左右都被人拦住了，他也是第一次碰到这样的场面，有点儿不知道怎么办。

有一些没有看过节目的人，也不认识他，看到别人的反应这么激烈，以为他是什么新出道的明星，也跟着一块起哄，动作神速地围上来，想要近距离地看看他，最好是能接触他，就像是捡到什么大便宜一样。

"宁之远，你怎么会过来这边？"

"你是不是在约会啊？"

……

正当宁之远想着要怎么突出重围的时候，把他约到这个地方来的，也正是害得他现在被缠得无法分身离开的女主角终于登场了。

她穿着一身雪白的洋装，脸上化了精致的妆，踩着七厘米的细高跟鞋，一身女王范儿。

一直在旁边目睹整个过程的陆简诗的眼睛蓦然瞪大了："白药？"

一直派到下午四点多，陆简诗才终于把五百多张传单给派完，然后拖着疲惫不堪的身体回到玩具店里。

彼时,老板已经回来了,看到陆简诗把穿了一天的熊熊套装摘下,他不禁也吓了一跳:"小陆,你今天穿这个去派传单?"

看到亲切的老板回来,陆简诗艰难地点了点头,然后跟他说起下个周末要请假不能来上班的事情。

"小陆,你最近不是上了那个什么节目吗,还要出来做兼职?"原来,连老板也看了《记忆训练营》。

一开始,陆简诗没有想过上一档节目会发生什么样儿的改变,现在看来,改变可真多啊,连身边的人看她的眼光也变得不太一样了。

"真抱歉,我女朋友可能还不认识你,所以才叫你穿这套衣服……"

陆简诗倒不觉得有什么,她跟宁之远不一样,人家本来就长了一张明星脸,有着与生俱来的贵族气息。可她呢,就算上了节目,素颜的时候坐公交车或者穿上笨重的熊熊装派传单,也跟以前没有多大的差别。

"老板,我会继续做好这份兼职的。"

"为什么啊?"

"因为,我缺钱啊。"陆简诗谦虚地笑了笑,"没什么事情的话,我先回去了。"

离开店里,陆简诗并没有立刻离开偌大的商场,她一层楼一层楼地逛过去,一家店一家店地看过去,连她都不知道自己在做什么,不知道自己在介意什么。

是介意宁之远跟白药单独在一起吗?

可是把整个商场都逛完一遍，也没有再看到宁之远和白药，也不知道他们俩到底去了哪里，更不知道，她为什么会在意宁之远跟谁在一起。

也许，是看不得白药的身边已经有男朋友了，却不避嫌地出来跟宁之远见面？还是说，宁之远在白药的生日会上看上了她，所以不管她已经有男朋友了，仍然执意地要约她出来？

晚上，等到陆简诗回到出租屋，才发现自己忙活了一天，却忘了吃饭这样一件重要的事儿。

她没有让自己停下来，也不打算休息，仿佛心里燃烧着一团火，这团火让她充满了斗志与活力，也让她觉得必须战斗下去，她绝对不允许自己就这么停下来。

她没有时间思考自己到底是怎么了。

时间已经很晚了，她坚持用魏德朗教过的方法锻炼自己的记忆力，训练大脑强度。这是她每天都要花时间去练习与巩固的，但今晚，她像是被人安上了一台马达，不知道要怎么停下来，只知道拼命地往自己的脑袋里强行地塞各种各样的东西：数字、线条、图形……

也许，是为了最后一期节目的那个终极挑战赛吧！为了那五十万元的奖金，她必须拼一把。

复习到后来，陆简诗开始感觉到呼吸不顺，脑袋变得一片空白，紧接着，又感觉到眼前一片金星乱冒。下一秒，她眼前一黑，便不省人事地趴在桌子上。

喜欢你就点点头

翌日一早，宁之远再一次来到陆简诗的出租屋楼下的早餐店吃早餐，他左等右等，都没有等到陆简诗下来，他也不知道她昨晚有没有上微博，如果上微博了，会不会看到白药昨晚故意发的微博。

也是看了白药发的微博，还有她之前生日时候发的微博，宁之远才反应过来，也许，他是被白药蹭了一下热度。

因为，昨天他是接到白药打来的电话，说她知道陆简诗周末的时候会去一家特别远的百货商场做兼职，然后跟他在电话里面约了一个时间，好声好气地让他过去跟陆简诗偶遇。

"你什么意思？"

宁之远接到白药的电话时，心中满满的疑惑：第一，他的电话号码是谁给白药的？第二，白药故意跟宁之远说出陆简诗打工的地方，事先有经过她本人的同意吗？第三，白药难道知道他……心里是喜欢陆简诗的，所以才会主动打过来跟他通风报信？

"宁大校草，你不要介意啊，我看了几期节目，看出来你是喜欢简诗的，我不过就是顺水推舟，给你做了个人情而已。"

"抱歉，那一定是你看错了。"

"反正我要说的已经传达到了，简诗明天早上九点半就会到那个商场的一家玩具店打工，一直做到下午五点钟才会下班。"

然而，宁之远赶到商场，却莫名地招来一堆人的疯狂围堵。

现在想来，他又不是什么明星，也确信《记忆训练营》并没有达到家喻户晓的地步，之所以来了那么多人把他围住，原因很有可能是……那些人都是被一个有心的人提前安排好的。

然后,白药不打招呼就出现了,精心打扮过的妆容,跟她平时在学校的样子判若两人。

"宁大校草,早上好啊。"白药一边说一边走了过来,脸上堆满灿烂的笑容。

"你怎么会在这里?"宁之远心里怄气,拧着眉毛问。

"我是来偶遇你的。"白药自信地笑了笑,还优雅地转了一圈,"我今天好看吗?"

"简诗在哪里上班?"然而,宁之远在乎的只有陆简诗。

"我不知道呀。"顿了顿,白药自作聪明地说,"可能上了节目以后,她就不来这边打工了吧。"

"那你还故意叫我过来?"

宁之远反应过来,白药策划了这么一场戏,不是帮他或者陆简诗,纯粹想要通过他们俩,给自己涨一些热度以及人气。

"白药,如果你下次再用这种招数约我出来,别指望我会再搭理你。"

宁之远的语气和表情都是严肃的。

白药脸色一僵,她没想过要得罪宁之远,她从一开始就很欣赏他,后来不惜抛弃陈约翰,还以为自己有机会呢……

说完这些话,宁之远大步流星地走出商场。

那一次去商场,宁之远本来想提醒陆简诗要小心一点儿白药这个人,他知道她已经搬出去不跟室友一起住了,但一定是因为关系闹得很僵才会搬走的。但那天白药生日的时候,她又给人一种想要

喜欢你就点点头

跟陆简诗过分亲近的感觉,可明明她们俩怎么看都不像是可以做朋友的那种关系。

可是,他那天根本没见到陆简诗。

胡思乱想了很久,宁之远还是没有等到陆简诗下楼,他觉得纳闷,于是给陆简诗打电话过去。

她的手机号码,还是他从《记忆训练营》的节目编导那里拿到的,她一直不肯主动给他,他只好用了一些别的方法,也不知道她待会儿听到他的声音以后会不会生气?他总想着今天早上可以早点儿见到她,然后跟她把事情说个明白。

电话一直没有人接听。

奇怪了。宁之远的心中跃上几分不安,迅速从早餐店离开,然后根据之前查过的陆简诗租房的住址,凭借着记忆一鼓作气直接跑上了九楼。

"陆简诗!陆简诗,你在不在里面?"

宁之远一边大声地拍着门,一边继续给陆简诗的手机打电话过去。老房子的隔音效果不太好,手机铃声隐隐约约地从屋里飘了出来,他已经管不了那么多了,一股热血直涌上脑门,然后用身体狠狠一撞,年久失修的木板门竟然一下子就被他给撞开了。

"陆简诗!"

单间很小,宁之远一眼就看到趴倒在书桌上的陆简诗,他立刻飞奔过去,把她抱了起来,风风火火地往医院赶去。

昏迷的这段时间里,陆简诗好像是陷入一段深度的睡眠一样,没有丝毫的难受，好像还破天荒地做了一个很美好的梦。

她梦到了小时候的自己跟宁之远，梦里面的他们好像也才只有七八岁，穿着小孩子才会穿的衣服，笑容明亮，单纯又可爱。

她看到小宁之远拉着自己的手在快乐地跳着舞，她不会跳舞，可也愿意跟着他一起跳。

小宁之远笑得很开心，他的牙齿是雪白雪白的，笑容也像钻石一样绚烂无比，而他一双漆黑的眼睛，却一直紧紧地看着小陆简诗，一直没有舍得移开过。

那一刻，她觉得自己是被人珍视的，被人宠爱的，而那个人，就是宁之远。

……

"陆简诗，你怎么样了？"

意识模糊中，好像有人一直在耳边叫着自己的名字，陆简诗睁开眼，视线从模糊慢慢过渡到清晰，才看到站在自己旁边的那个人，正是宁之远。

这一刻，宁之远的后背笼了一层毛茸茸的光，他整个人逆光站着，陆简诗却觉得他的脸依然好清晰。

是谁说过，梦里梦见的人，醒来以后要去找他？陆简诗轻轻地眨了眨眼，总觉得一切都是不真实的。

连眼前的宁之远也是不真实的。

"我是怎么了？我在哪里？"陆简诗虚弱的样子看起来很憔悴，

喜欢你就点点头

可是也只有这个时候的她,没有了平日的武装以及假装,一双眼睛天真地眨啊眨,更像是一个还没长大的小女孩。

陆简诗一定不知道,她这一刻有多么可爱,也多么温柔。

宁之远很想伸出手,紧紧捏着她的手,但手刚伸到半空就缩回去了,然后说:"你复习的时候晕过去了,然后我送你来的医院。医生给你检查过,说你用脑过度,加上食不定时,所以才会体力不支地晕倒。"

"你……去过我住的地方?"陆简诗哑然地睁大眼睛,一动不动地看着宁之远。

"嗯。"

"你查过我?"

"陆简诗,不是这样的,我只是关心你而已。"

这时,陆简诗才发现自己的手背上还打着点滴,她是想要发脾气,可是转念一想,要不是宁之远,谁还会有那份心思能够发现她晕倒在出租屋里呢?

短短二十年中,她从来都没有真正的朋友,从来没有过。

唯一一次跟一个人有过很亲近的时刻,就是眼前人——宁之远。

"宁之远,谢谢你送我来医院。"

这么一想,陆简诗忽然就不想去责怪他了。可是,她很容易又想到他跟白药一起出现在商场的事情,把脸转向一边:"我没什么事情了,你不用陪我了。"

"我不放心你。"宁之远无比温柔地说。

宁之远根本不知道，那个躲在熊熊套装里面的人，就是陆简诗。他还一直纳闷，白药不是说陆简诗在那个百货商场做兼职吗？那天早上那么大的阵仗，她难道没看到吗？

陆简诗的心中一阵刺痛。

"我这么大的人，你有什么不放心的？"她嘴硬道。

"你照顾过我，让我照顾你一次不可以吗？"

听到他的话，陆简诗沉默了。过了一会儿，她还是沉吟开口："你在这里陪我，不担心……白药吃醋？"话一出口，她恨不得咬掉舌头，千不该万不该提起白药啊！

"白药？"宁之远惊讶，"我在这里陪你跟她有什么关系？我跟她一点儿也不熟！"

陆简诗看他这样子，不知要不要跟他提起那天在商场目睹的一切。

宁之远以为陆简诗之前看了白药发的微博，索性主动坦白："她之前以你的名义约过我去你打工的商场，可等我去到那里以后，发现她竟然也在，还引起了不必要的轰动。我猜测她是找了一些人过来配合演戏，然后找人拍下我跟她的照片，好发微博蹭热度。"

原来……真实情况是这样子的！

知道自己误会了，陆简诗想说点什么缓和气氛，但宁之远突然站起来："你既然不太想跟我待在一起，我出去给你买点吃的总可以吧？"

不知道突然想到什么，宁之远的眼底闪过一抹光，然后走出了

喜欢你就点点头

输液室。

　　看到他这个样子，陆简诗心想，宁之远肯定是想起那一次，他们俩一起去L城听魏德朗的讲座，他在前一天的晚上吃坏肚子，她留在他身边照顾他的事情吧。

　　而自己什么都不问就想当然地误会他跟白药有暧昧……想想真不应该，陆简诗忍不住鄙视自己。

　　一晃眼，时间好像过得很快，但记忆偏偏一直停在原地，好像不论过去多久，一些记忆仍然鲜活得如同发生在昨日，就算想要努力忘掉，仍然忘不掉。

　　有些人，看着很近也很远，心里明明也是爱慕他的，但是陆简诗深知，她是不能靠近宁之远的。

　　输完液，陆简诗叫来护士把针头给拔了。宁之远还没有回来，她便慢慢地下了病床，环顾了一圈，很快发现宁之远把她送来的医院，竟然也是陆海住的那家医院。

　　等血都止住了，陆简诗本想着算了，不去看陆海了，可是既然人都到这家医院了，她作为他唯一的亲人，不去看一眼还是说不过去，于是，她去了肿瘤科。

　　陆简诗听医生说过，陆海现在的情况需要隔一段时间就要接受一次化疗。目前先看第一次化疗的情况怎么样再决定下一步的治疗方案，最坏的可能是就算做了那么多化疗，吃下那么多药物，人最后还是救不回来。可是，只要还有一线生机，她就要去试一下。

　　所以，那五十万元的奖金，对她来说真的很重要，很重要。

陆简诗一边想着，一边走到化疗室外。这个时间点，陆海像是刚经历过鬼门关一样，又做了一场痛苦不堪的化疗，然后被护士小心地扶着，从化疗室里蹒跚着脚步走出来。

陆简诗没有走过去，只是站在远处默默地看着他。

从前，陆海只顾着赌博，从来没有照顾过她们母女俩，还总是暴力对待林彩萍。那时候，陆简诗不明白妈妈为什么要这么心软，还这么死心塌地地等着这个男人回家。

现在，看到陆海生病了，每一天都要饱受非常人可以承受的病痛的折磨，她明白了妈妈的一些苦衷，那是因为一份责任吧！妈妈当年既然选择了要嫁给这个男人，不论这个男人后来变成什么样儿，妈妈还是没有办法把他放弃，更没想过要离开他。

只是，妈妈您走得太早了……陆简诗悲哀地想。

"小诗？"

突然，陆简诗听到陆海无比虚弱地叫了一声自己的名字，她迅速抬起头，发现陆海不知何时看了过来。尽管虚弱，但她还是用尽力气加快脚步离开了肿瘤科。

"小诗，你别走，你别……"

听到陆海用尽力气在背后叫自己，陆简诗顿下了脚步，然而只是停顿了几秒，她还是头也不回地跑远了。

陆简诗不是什么胆小鬼，可是面对关于陆海的一切，她都想要逃离，逃得远远的！

然而，陆简诗刚走出住院部，想起宁之远还在输液室等着自己，

喜欢你就点点头

可她已经不想过去了,她不想被他看到自己狼狈的样子,因为,她的眼中有泪。每一次只有自己一个人的时候,当她不期然地想起自己的家庭,她的眼泪就会控制不住地往下掉,止也止不住。

而在人前,她是从来不会轻易掉下一滴眼泪的人。

她已经习惯把所有的悲伤都往自己的肚子里吞,也笃定地相信着,在这个世界上不可能会出现一个人,不仅愿意包容她,还会接受她所有的缺点。

陆简诗不知道,她走了以后,宁之远从一个阴影处慢慢地走了出来。他的手上提着一碗热粥,是刚刚出去给她买的,然而,他刚回到输液室就看到她径自走了出来,好奇心使然,他便悄悄地跟了上去。

陆简诗一直都没有发现自己被他跟了很久。跟在陆简诗身后的宁之远,远远地看着她瘦弱的背影,忍住想要冲上去给她一个拥抱的冲动,转身去了肿瘤科。

他没有想到陆简诗爸爸竟然会得了癌症。

宁之远一间又一间的病房找过去,终于在一个八人间病房里发现陆海。

陆海住在房间里最靠近窗户的一张病床上,此刻正扭着头出神地看着窗外的风景,身形瘦削得像纸片,皮包骨头一样,跟记忆中那个被抓进公安局以后仍然混账闹事的中年男人的形象相比,已经截然不同。

"陆叔叔?"

待走到陆海的身侧,宁之远才不确定地叫了一声。

陆海动作缓慢地转过来,看了宁之远很久,却不认得他是谁。

"你是……"

"我是陆简诗的同学。"

听到陆简诗的名字,这个病得很重的男人,一双乌青的眼睛闪过一抹惊喜的光芒:"是小诗的同学啊?你……你可以给我说说她的近况吗?"

宁之远的心漫过一阵悲哀,也觉得十分唏嘘。他想,陆简诗的心里肯定也不好受吧,爸爸这么多年来都如此混账,可是,他现在生病了,也只能依靠她这个唯一的女儿。

他无法想象,当陆简诗得知陆海生病时,她的心情到底是怎么样的。

以宁之远之前所了解的,陆简诗从很早以前就拼命地做兼职,平时也省吃俭用,攒生活费与学费。她爸这病应该刚发现不久,那些医药费……

宁之远站在陆海身边,无比耐心地跟他说起陆简诗的事情。

说着说着,他紧紧握着拳头,感到心疼,陆简诗真是一个倔强的人啊!

当天晚上,有网友说在医院看病的时候遇到陆简诗与宁之远,刚好这个网友是他们的 CP 粉丝,也是宁之远的忠实拥护者,所以偷偷地抓拍了两张照片,回到家就把照片上传到网络上。

喜欢你就点点头

几张网友抓拍的照片,又在网络上引起一场讨论风暴。

"大新闻,陆简诗跟宁之远真的在一起啦?能一起去医院肯定关系匪浅!"

"他们俩会不会在参加这个节目以前就在一起了?"

"我还是站陆简诗跟魏德朗这一对CP!"

刚好拿手机刷着微博的林爽看到陆简诗又上了微博热搜,心里很不爽。

她没想到自从上了《记忆训练营》这个节目以后,网络上关于她的负面评价多了很多。她长得漂亮,也会演戏,可不代表她会算数或者记忆力惊人。她之所以答应上这个节目,是看在节目组给出的酬劳不错,加上其他明星的名气都没有她那么大,她上这个节目肯定会得到不少的关注。哪里想到……节目组找来的专家出的题目别说难度超高,她一个普通人就连题目都看不明白,更不用说去解答这些题目。

可是,节目已经开始录制了,她也不想随便退出录制影响自己的名誉,只好硬着头皮继续录制。

让人大跌眼镜的是,从这个节目播出到现在,观众以及网友的关注点,都在那几个素人嘉宾身上,对他们三个明星的关注度却大打折扣。

"宝宝,怎么了?"

听到声音,林爽一边拿着手机,一边回过头去。魏德朗高大威猛,穿着白色的浴袍从酒店的淋浴间缓缓走出,浴袍的长度不够遮挡他一双笔直又修长的腿。看着这么可口的男人，林爽的愤怒顿时减少了一些。

"你自己看看！"说罢，林爽直接把手机丢给他。

魏德朗接过她的手机，仔细看了几眼，然后把她的手机拿走，从她的身后轻轻地抱住了她："我还以为发生什么事儿了，原来是这种小事。"

"什么小事！对我来说是大事！"顿了顿，林爽不服气地道，"你的好学生刁难过我，你不会不记得这件事吧？"

"记得记得，我下次找她好好聊一下。"魏德朗自上了《记忆训练营》认识了林爽后，迅速跟她打得火热，如今只在有课的时候才会回N大一趟。他成了N大的红人，上完课要是不急着离开，一定会被各种各样的学生包围着，所以，也没有机会好好地跟陆简诗聊过。

但他相信，只要他亲自开口说，陆简诗一定会乖乖地私下去找林爽道歉。

只是，魏德朗不明白林爽生什么气，几个参加这一档节目的嘉宾当中，她的名气是最大的，拿的酬劳最多，就连节目导演也要看她的脸色做事。

至于其他人的新闻，随便网友们起哄跟讨论就好了，只要不影响到她，也不是她的什么负面新闻，她不予理会就是最好的处理方法。

"不行，把我的手机拿来，我要打个电话过去！"别说是今晚这一个新闻，光是上一次她找陆简诗要答案以及陆简诗对自己的态度，就让她十分不爽。林爽始终耿耿于怀这件事，一直想要找个机会狠狠地出一口气。

电话很快打进《记忆训练营》的节目编导那里，林爽开门见山地对电话里的人说，有没有办法让陆简诗他们几个素人的热度降低。

"爽姐，观众喜欢他们也是没有办法的事情，您何必这么生气？"

"可是……"

"您只要记得，我们请您上这个节目之前给您开出的条件，到最后都会一一落实。您可以耐心一点地等待，等播到最后一期，所有观众的舆论热度都会转回您身上来的。"

挂了电话以后，林爽还是觉得不解气。

突然，魏德朗温柔地吻了吻她的侧脸，被这样一个英俊又温柔的男人亲吻着，她想，她跟陆简诗之间的恩怨，可以等到以后再说。

林爽想，不论用什么样的方法，她是不会让任何人爬到她的头上来的。

「第四章」
我不愿让你一个人

I love you

这一天,上完魏德朗的课,陆简诗找了个不容易被发现的地方默默地等着他。这一次,魏德朗没有急着离开N大,因为他筹备了多时的网络课程打算在录完《记忆训练营》后开展起来,他需要他的拥护者报名交费支持他的新工作。

不知道等了多长时间,魏德朗才终于忙完自己的事情,然后打电话给陆简诗:"我们从另外一个门走,有一辆车子停在那儿等着我们了。"

听了魏德朗的话,陆简诗跟他分别从不同的方向绕到N大的另外一个门。一出去,果然看到一辆黑色的小车停在那儿,他们一前一后地上了车。

陆简诗侧过头打量了一下魏德朗,明明跟他经常能见到,去的也是同样一个节目,可直到这一刻才发现,她好像距离魏德朗很远很远。

"小陆，在想什么呢？"

"老师，感觉好久没有跟您一起讨论功课，好好聊天了。"

"是啊。"魏德朗不知道想起什么，嘴角勾起一抹笑容，"我也没有想到，只是上了一个节目，我们师生俩突然都成了红人，走在路上也会被人认得，还有啊……"

让陆简诗诧异的是，魏德朗似乎很享受成名以后的感觉，看着他滔滔不绝地说着自己有了一点名气以后各方面发生的变化，她莫名有点儿不适应，觉得魏德朗像是变了一个人似的。

从前魏德朗在美国就有一定的名气，但仅仅是在记忆学的领域里，这一次，他回国发展，上了节目，跟明星一起出镜，一夜之间就让很多人记住了他，甚至得到许许多多观众的喜爱以及关注。

这种受欢迎的程度，跟以前是完全不一样的。

"老师，感觉您很享受现在的状态。"陆简诗若有所思道。如果不是为了筹钱帮陆海治病，她想自己这辈子都不会参加节目吧。

"当然，我很喜欢现在的生活。"魏德朗的语气充满骄傲。

"嗯……"

"对了，这次老师要好好请你吃一顿大餐。"刚说完，车子停了下来，魏德朗先一步下车，然后给陆简诗拉开车门。

陆简诗也不知道魏德朗带她去什么地方吃饭，光从外面看上去，没什么特别，就是一栋很普通的大楼，谁知道跟着他的脚步往里面走，很快便发现内有乾坤，有假山流水，还有一个个私密性极好的包厢。

训练有素的服务员领着魏德朗和陆简诗绕过一些弯弯道道，终于来到最里面的一个包厢。

陆简诗是最后一个走进去的,不知道里面坐着什么人,那人一看到魏德朗进来就站起来,肆无忌惮且亲热地跟他来了个拥抱。

陆简诗被眼前这一幕吓呆了,目瞪口呆地愣在原地。

等到魏德朗把身体移开,陆简诗一眼看到林爽的脸,林爽也越过魏德朗的肩膀,目光灼灼地看着她。

包厢里的气氛一下子就凝固了。

"小陆,还愣着干什么,快过来坐!"魏德朗看到陆简诗的脸色不对劲,迅速扬起一张笑脸,还亲自给她拉开椅子,让她坐下来,"老师听说你们俩之前在录制的时候闹了点儿不愉快,之后还有几期的节目要录制。小陆,你看在老师的面子上,给爽姐认个错,跟她道个歉就好了。"

什么?认错?道歉?陆简诗觉得不解,她又没有做错什么,凭什么要她主动认错道歉?

此时,林爽已经气定神闲地坐了下来,抱着手臂冷眼看着陆简诗。她想起自己刚进娱乐圈做新人的时候,总是要看女一号女二号那些厉害的人的脸色,她那个时候就在心里默默地发誓,有一天也要让别人看自己的脸色。

"老师,"过了一会儿,陆简诗终于忍不住了,求救似的看向魏德朗,"我觉得那件事我没有做错。"

林爽站起来几步走到陆简诗的面前,不怀好意地看着她:"你还不知道自己错在哪儿吗?"

喜欢你就点点头

"那你说,我到底错在哪儿?"陆简诗反问了一声。

"你错在不听话,我是你的前辈,我让你做什么,你就应该做什么。"

"可是……"陆简诗长这么大,第一次听到这样的歪理,"我只是一个学生,又不是演员,将来也不打算做演员,所以,你怎么能算我的前辈?"

"我是你老师的女朋友,还不是前辈吗?"林爽故意把"女朋友"三个字咬得很重,她们俩顾着理论,都没有留意到站在一旁的魏德朗眼底的心虚。

陆简诗还以为魏德朗是向着自己的,没想到他始终一言不发,而林爽仍然气势逼人地看着自己,那眼神仿佛恨不得要把自己生吞活剥一样。

"老师,这顿饭我不想吃了,谢谢您的邀请。很可惜,要浪费您的一番'好意'了。"说完,陆简诗头也不回地走出包厢。

"小陆!"

魏德朗只是装模作样地叫了陆简诗一声,并没有打算追出去。

对一个人说一声"对不起"很难吗?

不难,可是,为什么要道歉的那个人是她?

陆简诗一口气跑出饭店,也许魏德朗是为了迁就林爽,才故意找的这么一个地方。等到她跑出去好远,才发现自己从来没有来过这个地方,也不认识路。旁边有一个正在建的楼盘,一大帮建筑工人聚在一起打牌、聊天、喝啤酒，不等她想好下一步应该怎么做，她突然看到那一帮工人已经发现了自己，有好几个人站起来准备走向她。

也许是害怕，陆简诗转身就跑。

这一跑，不知道跑到了什么地方，此时天色已晚，身后的工人已经不见了，可她也把自己给弄丢了。

这时，宁之远打电话过来了。

看到他的来电，陆简诗想也不想地接起来。

"宁之远！"

"怎么了？"

"我……我迷路了，你可不可以过来接我？"她一向不愿意求人，但这一刻，是真的吓坏了，也真的觉得好无助。

"什么？"

"我……我跟魏老师出来吃饭，但我有事要先走，可现在我找不到回去的路了。"

宁之远感觉事情没有陆简诗说的那么简单，魏德朗带她去吃饭又怎么可能把她一个人丢下？可这个时候他来不及问太多，头脑理智地让她登录微信给他分享位置。

"站在原地别动，我立刻来找你。"

宁之远的声音像是一剂强心针，一针打下去，让她整个人都安定了一些。

宁之远让陆简诗不要挂断自己的电话，她第一次这么听他的话，

喜欢你就点点头

真的没有挂断电话。

还是那辆低调的银色超跑，宁之远成功地找到陆简诗。直到把她载到熟悉的也相对安全的市区的路上，他仍然没有止住笑意。

"宁之远！"陆简诗看到他这个样子，又好气又好笑，"你笑够了没有？"

"简诗，我不是有心要笑话你，我是高兴……高兴你在遇到危险的时候，竟然会叫我帮忙。"

"你刚好打了电话过来而已。"陆简诗尴尬地把脸转向一边。想起刚刚自己那个窘迫和害怕的样子，她的脸迅速一热。

"如果我不打这个电话呢，你会主动打给我找我帮忙吗？"宁之远突然收起了笑容，一秒钟变得严肃正经。

陆简诗半晌没有吭声，因为，她自己也不知道会不会主动打给他求助。

"还有，那一次送你去医院，你怎么不打一声招呼就走了呢？"顿了顿，宁之远又说，"我愿意在你需要我的时候出现，也愿意尽我最大的能力去帮助你。可是，陆简诗，我能不能听听你内心的真实想法？"

说完这句话，宁之远把跑车停在马路边。

陆简诗愣愣地看着他的侧脸，不确定他是不是在生气，但听他的语气，似乎想要一个满意的答案。

"宁之远，我妈妈车祸去世的事情，你知道吗？"沉默了很久，陆简诗终于开口。

"嗯，回国以后才知道的。"

陆简诗轻轻地叹了口气："她出车祸的那天，刚好是你因为你爸爸飞去美国的那天，当我接到医院打来的电话时，我真的好迷茫，六神无主。我找不到我爸，也不知道可以找哪个人帮我，情急之下，我想起了你……我给你打电话，但你没有接。"

宁之远愕然不已，他不知道还有这一段插曲，他也是回国以后打听陆简诗的消息时，才听说了林彩萍出车祸去世的事情。他一直没有在她面前提起过，是害怕她伤心。

可陆简诗是这么要强的一个人，她那时候一定很悲痛也很无助，她能愿意找他帮助，证明了他在她心中的分量。

"对不起。"万语千言，仿佛只有这听上去没有丝毫分量的三个字，才能表达出宁之远这一刻的心情。

"你没有对不起我，是我当时想多了……"

"不！"宁之远激动地叫了一声，"你没有想多，其实我也……"

"一切都过去了。"陆简诗隐约猜到宁之远要说什么，可是她又不敢听他把话说出来，她心中有着各种各样复杂的情感，大部分是感动，但也有很多不确定的东西。

她也不确定，自己是不是还喜欢着他。

"好吧。"宁之远了解她，知道她想听什么，不想听什么，"我还有一句话想说，希望你以后遇到困难的时候不要一个人死撑着，我们俩认识这么多年……你完全可以找我帮忙的。"

陆简诗吸了吸鼻子，然后拉开车门，下了车。

喜欢你就点点头

"陆简诗,你要去哪里?"

"回到市区,我知道路怎么走了。"陆简诗冲车里的他挥了挥手,然后抬起脚步往回走。

宁之远的车子就这样默默地跟在她的身后,一直护送她到出租屋的楼下,才开车离开。

之后的几次录制,陆简诗跟之前一样,自己一个人去的电视台,然后去化妆间弄妆发,再安安静静地候场。

她去得都比较早,故意跟林爽的时间错开,因为林爽通常都是最后一个到,所以,后面的几次录制,她们俩没有任何的交谈。

陆简诗也不想再跟林爽发生什么,只是有几次,她明显看到魏德朗想跟她单独说话,而她都找不同的理由躲开了他,她还没想好怎么面对他。

终于来到第五次的录制,就在这一次的录制中,陆简诗跟林爽被随机分到一组去了,林爽自然是不满的,做出手势让导演中断录制,然后气势汹汹地询问他为什么要这样安排。

所有人都被她的气势吓着,没有人敢吭一声。

陆简诗心里也不是滋味,她讨厌被别人关注的感觉,她本来就不是想要出名,她只是需要很多很多钱,才会上这个节目。

"爽姐,几次录制都没有把你们分到一组,观众们会疑惑的。"

"我就是不要跟她一组!"林爽说得很大声。

陆简诗脸色难看,知道林爽是故意的。

林爽之前一直没有任何动作，可能是看机会还不够成熟，现在机会来了，怎么可能不刁难她呢？

比起林爽，陆简诗就像是一只小猫咪，道行太浅了。

宁之远看不过眼，站出来对着导演说："导演，那就安排我跟陆简诗一组好了。"

林爽也不满意这样的安排，生怕他们俩这一次再组队，又要上一次热搜。

"就让魏教授和陆简诗组一队，我跟宁之远组一队，这样不好吗？"

听到林爽的安排，导演直接忽略掉陆简诗的感受，更没有想过去问她愿不愿意，直接飞快地点头："好，就这样安排吧，准备再录一次。"

……

《记忆训练营》录制到后面几期，节目组录了一期关于节目里的三个明星参加录制以后的感受以及拍摄他们私下的生活日常。

起初陆简诗不知道有这么一期，她也没打算要看，是有一次去上课的时候听到同学说的。下课以后，她回到出租屋就打开电脑连上网络，把这一期节目找出来看。

节目的前半段，简单拍了一下林爽他们三个明星的日常，可到了后半段，很明显地看出来节目组的重心完全放在林爽的身上，拍下她平时利用拍戏的间隙，用魏德朗在节目上教的记忆方法训练自己的大脑，拍下她如何刻苦如何用功，最后的十分钟，林爽还哭了。

她对着镜头哭诉自己这段时间以来压力很大,备受煎熬。可是,她很快又收拾好自己的情绪,握着拳头对着镜头情真意切地说:"这几次的节目,我的表现不尽如人意……我知道仍然有很多喜欢我的朋友在默默地支持着我,同时我也想要证明我自己,我也是可以的。放心,我一定会努力的,我是不会让喜欢我的人失望的!"

陆简诗心想,作为演员,林爽果然很厉害。

后面的三期节目,不论林爽跟谁一组,他们的小组都在最后的挑战赛中赢得胜利。按照累积的分数进行排名,林爽以第三名的成绩进入最后的终极挑战。

至于另外两个人,分别是魏德朗以及陆简诗。

陆简诗没想到宁之远没有进入前三,更没有想过,林爽这样的资质也能进入前三。

那一天,陆简诗终于鼓起勇气主动去找魏德朗,他似乎也知道陆简诗为什么会找自己。

"小陆,你是不是疑惑林爽怎么也能进前三?"毕竟做了她一年多的老师,魏德朗还是一眼就能看穿她心里面在想什么。

"是的。老师,我可以问为什么吗?"陆简诗看着穿着一身低调奢华的服装的魏德朗,仍然觉得他遥远得不像在自己的眼前一样,"《记忆训练营》不是真人秀节目吗?讲求的……不是真实吗?"

魏德朗用一种看外星人一样的眼神看着自己的学生,他忽然觉得词穷,因为不知道该怎么说她。

"真实不真实又怎么样呢,会影响到我们参加这个节目所得到的酬劳以及给我们带来的人气吗?"

其实陆简诗也知道问了等于白问,她记得宁之远从很久以前就提醒过她,有镜头扫到的地方就会有剧本。她只是心存最后一丝的侥幸,觉得每一场比赛,尤其是电视上会播放出来的,都应该是用自己的真实本事拿到的成绩。

"最后的终极挑战也会造假吗?"陆简诗突然想到什么,难以置信地问魏德朗,"老师,您知道比赛的第一名对我来说有多重要,我……我很想要赢,想要拿到第一。"

魏德朗只是沉默地看了她一会儿,然后嘴角一勾,弯起一个轻浅的弧度:"小陆,最后的比赛当然是用实力说话的,你不要多想了。现在时间不早了,要不要跟我去吃饭?"

"不用了,谢谢老师。"

听到魏德朗这么说,陆简诗算是放心了。她现在哪里还有心情跟他吃饭,不是害怕又会被他带去见林爽,而是她现在必须全身心地投入到最后一场的终极挑战赛中,她必须争分夺秒地练习。

她想赢,想要得到那五十万元的奖金!

之后的一段时间,陆简诗为了迎接最后的终极挑战赛,跟班主任请了一个长假,没有再去学校上课,每天都待在出租屋里做题和训练。

每一天除去少得可怜的睡眠时间,不停地做题以及训练其实是一件十分枯燥的事情,也十分考验一个人的意志,如果没有很强大的内心，是熬不住这样煎熬又漫长的时光。

偶尔，陆简诗复习累了会站起来，走到窗台边透透气，远眺外面的景色。她住在九楼，外面的视野虽然单调，但起码也有一些风景可看。

她还记得，考大学那一年自己也是这么拼命地复习的，她想要考一个好的大学，想要……和宁之远考上同一个大学。

而现在的自己，早就变得不太一样了。

每一天，宁之远都会带外卖上去给陆简诗，他怕她只顾着复习饿着也不自知，怕她又会像上次那样复习过度然后晕倒。

陆简诗不止一次地开口叫他不要再送了，她晕倒过一次，也很在意自己的身体，每天早中晚都设置了闹钟提醒自己按时吃饭，还有按时睡觉和起床，也觉得自己不需要别人的照顾。

这个"别人"是宁之远，她会觉得尴尬与别扭。毕竟，他们什么关系也算不上。

"简诗，不要那么倔，我给你带个外卖不会耽误什么的。"宁之远每一天帮她买的外卖都不重样。其实不是外卖，是他亲手做的饭菜，还有滋补的汤水也是他自己煲的，但他不打算告诉她实话，"还有啊，作为老同学，作为N大的校友，还有那么多年的朋友，我也希望你可以赢得比赛的第一名。"

宁之远把话说得很真诚，让陆简诗找不到一丝反驳的理由。

"那好，谢谢了。"陆简诗乖巧地接过"外卖"。

"不用客气！"宁之远开心不已。

反正，不论陆简诗接不接受，他照旧会在每天同样的时间送来饭菜和汤水，也会每天给她发信息提醒她注意身体，注意睡眠，注意各种各样的事情。

但在功课上面，她一向都是自信的，她之所以花了那么长的时间去复习，去备战，是因为最后终极挑战中的三强里面，其中一人是魏德朗，这也是她唯一担心的竞争对手。

魏德朗是她的老师，实力远远高于她。至于林爽，她觉得不需要把林爽列入对手的范畴里。

终于，电视台打电话给陆简诗通知她最后一期的《记忆训练营》的录制时间。

她备战了整整一个月的时间，好像自从高考以后，她就没有尝试过每一天的生活重心都只是专注在学习上，她也因为这个比赛暂时找到了逃避其他事情的借口，例如陆海的病，例如庞大的医药费，例如学校的钩心斗角，还有烦琐的兼职生活……

有些人天生不喜欢读书，不爱做题目，更害怕面对考试，但也有一小部分的人，他们只有在思考和做题的时候会觉得自己的内心是纯粹的，是干净的，他们更喜欢那个陷入状态里面的自己。

陆简诗就是这么一个人。

她从小就与学习为伴，她没有特别要好的朋友，学习就是她的"朋友"，也是她唯一的武器。

现在，她要带着这个武器上场了。

最后一期《记忆训练营》的录制当天，陆简诗早上四点多就醒

喜欢你就点点头

来了,她以最快的速度洗漱以及穿衣,先到楼下跑了几圈,然后去经常光顾的早餐店吃早餐。

早餐店的老板都认得她了,看到她过来吃东西,笑得灿烂。

"陆简诗。"没想到,宁之远也这么早就过来了,"你上次还欠我一顿早餐,今天要不要补回来?"

陆简诗当然知道宁之远是故意来"偶遇"的,她机械地点点头,然后跟老板要了两份油条和两杯豆浆。

"我还想多加一个卤鸡蛋和两个菜包子。"

"嗯。"

然而,当陆简诗把他们俩一起点的早餐都端上桌子时,宁之远却把他刚刚点的鸡蛋和包子都推到她的面前,轻轻笑了一下:"其实是想让你多吃点,这样才能更好地赢其他人。"

"我吃不完。"陆简诗再一次觉得别扭,宁之远对她的关心,让她感觉承受不来。

"你肯定吃得下,就当是为了我……因为我也想你赢啊!难道你希望我倒戈,转向支持魏教授吗?"

"没有……"

"对了,我中午不能赶过去看你们录最后一期了,我在美国认识的那个记忆学教授早上飞来中国,我要去机场接他,他可能会去N大参观一下。"

陆简诗一边剥着鸡蛋,一边听着宁之远絮絮叨叨地说话,她很遗憾他没有进入最后的决赛,但也很感激他用他的方式默默地陪伴着她。

吃过午饭，陆简诗坐车到电视台。她想着是最后一次来这个地方，心中竟然也有点儿不舍。

比起之前几次，她这一次来得更早，可没想到，一向最晚到的林爽破天荒地来了个最早。

陆简诗刚到化妆间，就看到林爽坐在那儿被化妆师弄着妆发，身边围绕着不同的媒体记者。

林爽倒是一刻也没有休息，一边被化妆师弄着妆发，一边谈笑自如地回答着记者各种各样的问题。

回答完，林爽当着媒体记者的面把陆简诗叫来自己的身边。陆简诗看到其他人都看向自己，只能硬着头皮站起来。谁知道，她刚走到林爽的身边，弄好所有妆发的林爽突然站起来，硬拉着陆简诗让记者们给她们俩拍一些合照。

"这次可以参与录制一个这么棒的节目，我还很高兴能够认识到像简诗、魏教授这样优秀的人，跟他们一起讨论题目一起解题的经历真的毕生难忘……"

陆简诗感觉到林爽把手搭到自己的肩膀上，她很不喜欢这样的感觉，想狠狠地把林爽的手甩掉，但面对着那么多人，她到底还是忍受下来了。

"爽姐，你觉得最后的挑战赛谁会赢啊？你有信心会赢吗？"拍完照，一个记者又追加了一个问题。

喜欢你就点点头

"简诗,你认为呢?"林爽突然把问题抛给陆简诗。

陆简诗一时没了主意,她不知道应该怎么回答才算得体,好像不论怎么回答,都会伤害到另外两个人。

"我……我也不清楚,大家都全力以赴吧。"

林爽突兀地笑了起来,还伸出手捏了捏她的肩,仿佛真的在给她加油打气一样:"那加油啦,我一直很看好你的。"

那一刻,陆简诗感觉很不是滋味,她也找不到词语来形容心中的感受。她相信不是每个明星都像林爽这样,可是如果可以的话,她真的不想再接触任何演艺圈里的人了。

如果可以的话。

半个小时以后,导演助理叫所有人去六号厅准备,最后一场只剩下陆简诗、魏德朗以及林爽三个人,另外两个明星也来了,就坐在观众席那里。陆简诗下意识地看向观众席,宁之远说过接到他美国的那个教授以后会尽快赶过来,可是,他一直没有来。

"恭喜三位来到终极挑战赛,这一次的题目,我们节目组请来国内顶级的十个专家,一共开了七天超过二十场的会议,从上百个难度系数极高的原创题目中确定了最后一个终极题目。"

主持人把话说完,他身后的大屏幕上便出现了这一场终极比赛的题目。

在一张长达五十米的特大海报上,里面有几百个栩栩如生的小人儿,比赛选手要在规定的时间里把这张海报上的所有小人儿(包括脸上细小的表情、衣服的颜色、发型等)的各种细节给记住,然后通过嘉宾从中选择三个小人儿，选手要在自己的答题板上写下那三个小人儿所对应的正确位置。

以最快的速度看完题目，陆简诗本来挂在嘴角显得自信的笑容一点点地消失不见了。

她从来没有做过这样的题目。

近两个月来的备战，她做过不下一千道题目，都是一些计算难度极高的题目，却把像这样纯记忆的题目给忽略掉了。

之后，魏德朗和林爽都在默默地记忆着，陆简诗也硬着头皮观察海报，然后把上面的小人儿一个一个地记到脑袋里面去。

时间一分一秒地溜走。

场内包括现场的观众都十分安静，谁也不敢哼一声，怕会影响到场上的三个人。

十五分钟一眨眼就过去了。

主持人叫了一声"停"，然后现场请来的嘉宾出了题目，紧接着，他们三人要在各自的答题板上写出自己的答案。

陆简诗完全没有心思去管别人，更没有发现林爽那边有两台摄影机对着她一通拍摄，而镜头前的她一边思考一边做题的模样，有种认真的美。

陆简诗合上眼睛，脑袋开始高速运转着，一个一个栩栩如生的小人物清晰地浮现在脑海里，她觉得无比神奇，很快便在答题板上写下前面两个人的位置。

喜欢你就点点头

然而……最后一个小人儿是哪里的？

陆简诗开始着急，她努力回想，搜刮着脑袋里所有的画面。她坚信自己快要找到最后的人了，只要再给她一点儿时间，只要再多一点儿……

这个时候——

"主持人，我已经完成了这一道题目！"

是林爽的声音？陆简诗缓了几秒才抬起头来，果然看到林爽兴奋地跳着脚举起手来。

现场的观众一片沸腾。

陆简诗难以置信！不会的，林爽怎么可能这么快就做出来了？

眼下，只剩下她和魏德朗还没有写上自己最后的答案，但她的心情明显受到影响了，好像走路的时候被什么东西狠狠绊了一下，思路突然就中断了，大脑变得一片空白，她握着笔的手一直停在那儿，迟迟没有继续往下写。

陆简诗能感觉到额头的汗水正一滴一滴地往下掉。

那些从脑海中闪过的小人儿好像都不见了，统统不见了，她的大脑仿佛停止运转了一样。

"我也做完了！"不多久，魏德朗也大声说出自己解完了题目。

陆简诗感觉身体里有根弦断掉了，整个人变得大汗淋漓，视线被汗水模糊成一片。主持人看到她的脸色不对劲，连忙走上前问她是否还要给她时间把最后一个答案写出来。

"要，我还要完成这一道题目……"陆简诗心想着，可是，现场几百个人，那么多双眼睛看着，陆简诗感觉整个空间都凝固了，自己也变得僵硬了，脑袋从空白变得发麻，还怎么继续做题？

被全场那么多人一起注视着的滋味太不好受。

最后，陆简诗十分沮丧地摇摇头："抱歉。"

"没关系，你已经做得很好了。"主持人轻声安慰了她一下，然后请来出题的十个专家，当着在场所有人的面验证这道题目的答案。

那一刻，陆简诗的大脑仍然空白一片，她不肯相信，自己真的就这么输掉了。

陆简诗看着大屏幕上显示出前面两个答案，他们三个人的答案都是一样的。到公布最后一个答案的时候，她感觉呼吸一窒，好像有人狠狠地掐了掐她的心脏，让她疼得呼吸不了。

最后的答案，她刚刚差点儿就要想起来了，真的，她认为自己有这个能力把最后一个正确的答案写出来。

可是，她的速度太慢了，眼看着另外两个对手前后完成，她大脑一片空白，什么东西都想不出来了。

林爽和魏德朗算出来的答案跟真正的答案是一致的，也就是说——

"恭喜林爽！林爽的答题用时是 7 分 35 秒，林爽成为我们第一期《记忆训练营》的终极挑战第一名！"

陆简诗整个人浑身发寒，不可思议地看着距离她不远的林爽。

喜欢你就点点头

林爽像个骄傲的女王，脸上露出精致又灿烂的笑容。

很快，陆简诗觉得不对劲——

林爽怎么可能在这么短的时间里记完所有人，然后还用这么快的速度把这一道题目给做出来？她是不是提前知道了答案？会不会魏德朗也提前知道了？

不对不对，陆简诗痛苦不已，她怎么能这么想别人呢？也许，林爽在这几个月里突飞猛进，也下了很多别人看不见的苦功，所以才能得到这一季的冠军呢。

耳旁传来阵阵欢呼声还有掌声，整个世界都是欢腾的喜悦的。

只有她……陆简诗感觉自己又变成一抹灰色的影子，场上的所有人都是彩色的，只有她是灰色的。

"好了！可以了！收工！"

好不容易等到导演喊停，陆简诗还是想找个人问清楚，就像是身体里住着一只沉睡了很久的怪兽，这只怪兽突然苏醒了！

然而，她看着现场那么多的人，每一个都忙得团团转，没有一个人知道她的内心有多悲伤以及多愤懑。她甚至一时之间蒙圈了，不知道该先找节目组的导演，还是先找林爽，又或者应该找老师魏德朗才对。

她应该找谁？谁会愿意听她的话？

"简诗。"

这时，宁之远终于从N大赶过来了，路上遇到堵车，幸好他们这边才刚刚结束。但是很遗憾，他没有看到陆简诗上台比赛的样子。

看到陆简诗这么失落又无助，宁之远便知道，陆简诗是输掉了这一场的比赛，对她来说无比重要的比赛。

心脏一阵痛楚划过，宁之远对自己不能更早地赶到现场感到抱歉。

"你还好吗？"宁之远仔细看了一下魏德朗和林爽的表情，他本以为得到第一名的人会是魏德朗，没想到是林爽得了第一名。林爽的身边围绕着许多人，那些人都在跟她道贺，说她逆袭成功，说她是个美貌与智慧并重、十分优秀的女生。

看到宁之远，陆简诗好像一下子又回过神了，她想要去找林爽理论，当着这么多人的面。

宁之远看出她下一步的动作，迅速地伸出手，紧紧地把她拉了回来。

"你要干吗？"

"我想问林爽……刚刚比赛的题目，是不是她自己一个人做出来的……"

"可是你这样去质问她，有意义吗？这只是一个节目！"

"对我来说不是节目，对我来说……"

陆简诗终究说不出口，对一些原本就出身富裕家庭的人来说，五十万元，可能不算什么很大的数目；可对她，对她爸陆海来说，五十万元，也许能让他的生命得以延续下去。

可她确实没有证据证明人家作弊，搞不好，林爽还会告她血口喷人。

喜欢你就点点头

"你是因为五十万元的奖金才会这么激动,是不是?"看到陆简诗沉默,宁之远心疼得厉害。

"是,就是因为五十万元。"陆简诗红着眼睛,倔强地回了他一句。她还不知道,宁之远已经知道陆海生病住院的事情。

如果可以,宁之远真想不管不顾地把她拉入自己的怀抱里,牢牢地抱住她,给她一些安慰。

其实不只是奖金,还有她以为会有的真实,会有的公正,还有曾经对魏德朗无比的信任,这些都是她一时之间没有办法跨过去的坎儿。

"你还记得我跟你说过的吗?只要有镜头扫到的地方,就会有剧本。"这一刻,宁之远又把自己之前说过的话说出来,陆简诗眉头一皱,"其实,我爸也赞助了这个节目……"

什么?陆简诗愕然地抬起头来。

"我之所以参加这个节目,是因为之前我就对记忆研究有着很浓厚的兴趣,我爸以为我是玩玩而已,他并不知道我很认真在做这件事。我们三个都是节目组从几千人中精挑细选出来的,我也没有想过,我会跟你一起上同一个节目。"顿了顿,宁之远把最重要的一句补上,"陆简诗,你是凭借着你的实力才来到这个节目的,一次输赢,不代表你就比别人差。"

时间好像静止了,陆简诗盯着宁之远,看了很久很久。

听完宁之远的话,陆简诗以为从一开始魏德朗打电话喊她一起上节目,都是宁之远在背后策划好的,要不是他,她能这么顺利地来到这个节目吗？

"宁之远，你是不是又在同情我？"

"你说什么？"

"你同情我，所以才给我机会来到这个节目吗？"

"你误会了……"宁之远赶忙解释，他根本不知道她也会上节目。

"宁校草！"

谁都没看到，白药是什么时候来到录制现场的，她的脖子上挂着电视台的员工证，可能是别人借给她的吧。她一看到宁之远，眼睛都亮了，然后朝着他的方向快步走来。

陆简诗也看到了白药，她看了看白药，又看了看宁之远，转身就要离开。

宁之远哪里肯让她就这么走了，事情还没解释完呢。然而，白药眼明手快地拉住了他，不让他跟着陆简诗跑。

"宁校草，人家第一次来到电视台参观，你已经来过那么多次了，带我四处逛逛行不行啦？"

"我没空，你去找别人。"

宁之远拨开白药的手，然而，陆简诗已经不见人影了。

有些事情，不立刻解释，只会让误会变得越来越深，让裂痕变得越来越大。

当天晚上，陆简诗直接去到魏德朗最近买在 N 大附近的新房子，打算找他问个明白。

魏德朗打开门,本以为是林爽去而复返,没想到是陆简诗,他还光着上半身,一张脸也通红通红的,吓得陆简诗忙后退了几步。

"小陆,你怎么来了?"

"魏老师,"陆简诗已经退到过道上,与他保持一段距离,仿佛很害怕魏德朗似的,"你是不是一早就知道,第一名是内定的?"

魏德朗郁闷地看着陆简诗:"节目已经录制完了,你还计较这个做什么?"

"我当然要计较,我是冲着第一名去的。"陆简诗无比伤心地说道。

"小陆,你在意的不是第一名的荣誉,是得到第一名以后能够拿到的五十万元而已。"

陆简诗没有说话,脸上露出被戳中心事的尴尬与不安。

"本来我也不想明说,从节目组策划这个节目开始,就是要让某个明星得到第一名。现在这个明星刚好是林爽而已,至于我们这几个素人,最多就是给节目充充场面而已。"

果然。

听完魏德朗的话,陆简诗觉得跟自己所想的没有太大的出入,她是真的很傻。

"你等我一下。"说完这句话,魏德朗迅速把门关上,几分钟以后,又重新把门打开。

魏德朗邀请她进屋说话。看到她面露犹豫,魏德朗无奈地笑了笑:"我家楼下有个咖啡厅,我们去那里说话。"

节目虽然是录制完了,很快也要播出最后一期,但对魏德朗来说,他想尽办法上这个节目不是为了一时的名利,是为了给将来的工作以及发展铺路的。当然,他用不着把这些跟陆简诗说,她只是他众多学生中,头脑最聪明,但心思最单纯的一个女学生而已。

带着陆简诗到家附近的咖啡厅,魏德朗给她买了一杯热牛奶,给自己买了一杯热拿铁。

"老师,这么晚了,您还喝咖啡?"从魏德朗的手上接过温暖的牛奶,陆简诗的心情稍微平复了一些。

"是啊,跟你说完话,我待会儿还要忙工作的事情。"

不知怎的,陆简诗的脑海里浮现出魏德朗特意带她去吃饭,其实是要带她去见林爽的那一次,看到他们俩旁若无人地亲热拥抱,她顿时咽了一下口水,觉得怪别扭的。

陆简诗感觉魏德朗跟林爽都不介意彼此的关系被她发现,但后来每一次录制的时候,他们在人前,在镜头前都安守本分,除非是一起组队做题,其他时间都没有过多的交流。

所以,他们俩算是在交往吗?

魏德朗不知道陆简诗在想什么,优雅地品着咖啡,一双碧蓝色的眼珠子悠悠地转动了几圈。

"魏教授,真的是你!"快晚上十点了,咖啡厅也没什么人,一个女服务生认出了魏德朗,然后壮着胆子走过来问他要了个签名。

"谢谢你的支持。"

喜欢你就点点头

服务生拿到签名也不急着走,她看了看魏德朗,又看了看陆简诗,莫名地露出一个暧昧的笑容。

待看热闹的人都走开了,魏德朗的咖啡也快喝完了,才终于沉吟地开口,声音很轻:"小陆,这个《记忆训练营》的节目只是你的一个开始,有什么不愉快的,你慢慢把它淡忘就好。"

陆简诗愣愣地看着他。

"你现在已经有了一些名气,你之后也可以去参加别的节目。我相信,你会越来越好的。"魏德朗自信地笑了笑,笑容很灿烂,难怪有那么多女生看到他以后都会疯狂地迷恋上他。

"老师,您可能误会我了。我不想做什么网红或者明星,之所以答应跟您一起参加这个节目,就是为了拿到奖金……"

"那你是因为什么需要这么一大笔钱?"魏德朗露出一个看穿一切的笑容,"我听说你爸爸不幸得了癌症,现在住在医院里,对吗?我想住院费还有化疗费要很多吧!而你只是一个大学生,也没有工作,怎么去承受这么沉重的负担?"

陆简诗没有想到魏德朗会知道陆海生病住院的事情。自从《记忆训练营》的收视率节节高升,她都不太敢再去医院看陆海了,就是害怕被别人认出来,也怕被网友扒出自己家里人的事情。

每周,她还是会准时去银行存钱,给陆海缴医药费。

现在节目已经结束了,她再也不能拿到通告费用。她之前已经把兼职的工作辞了,只保留商场的那一份,后来为了准备最后的挑战赛,把商场那份兼职也给辞掉了。所以,她现在没有任何兼职,而陆海那边……她晚上跟主治医生通过电话,说陆海还要进行新一轮的化疗,还需要一大笔化疗费用。

"小陆,很多事情看上去不简单,但深究起来也没那么难。"说完,魏德朗已经站起来,"好了,我先回去了,你也早点儿回家休息。"

「第五章」
温柔

十一月的第一天,第一季最后一期的《记忆训练营》如期地播了出来,陆简诗不敢看,也不知道会被剪辑成什么样儿,但可以肯定的是,得到"第一名"的林爽一定会让人无法忘记。

三个月的时间,足够改变陆简诗。

最后一期节目开播的那一晚,陆简诗一直失眠,她的手机振动了一整晚,宁之远一直给她打电话,可她并不知道。

翌日中午,陆简诗特意回了一趟寝室,本来寝室还很热闹的,她的突然出现让所有人都安静了下来。

陆简诗一眼就看到她铺位下面的空桌子,此刻有两个女生坐在上面,小小的寝室塞了十几个女生,所有人都看着她。

"哟,简诗,你回来啦!"是白药故意拔高几度的声音,她朝着站在门口的陆简诗走过去,然后张开手臂无比亲热地抱了抱她,"快进来啊。"

陆简诗尴尬得头皮发麻,她是为了拿几本书才回寝室的。她径自越过所有人走向自己的书桌,但不难听到背后人的议论。

"不是红了吗,怎么还回学校来?"

"也没有红起来吧,而且,她输掉了最后一场比赛。"

输掉了。

仿佛被人往心口上狠狠地开了一枪,陆简诗紧紧地咬着牙没有吭声,默默地回到自己的桌子前收拾下午上课要用到的书本。

"白药,期中考试还有几天要到了,可不可以把你的笔记借给我看看?"

突然,陆简诗听到身后一个同学问白药借课堂笔记。她想了一下,从九月份开学到现在,她有一半的时间不在学校,国庆以后更是为了备战终极挑战,请了长假,没有回学校上课,不知不觉就落下了很多门功课的笔记。她不希望比赛输掉了,连考试也要挂科。

下午,陆简诗跟其他人一样去教室上课,她仍然坐在第一排的位置,同学们仍然时不时地在她背后议论《记忆训练营》这个节目。

课间的时候,陆简诗惆怅应该找谁去借笔记,突然,白药从后面走上来,施施然地坐在她的旁边。

"简诗,我晚上约了宁校草一起吃饭,你要不要跟我们一起去呀?"

宁之远?

陆简诗一直看不懂白药和宁之远之间的关系,不知怎的,淡淡地问了一句:"你跟宁之远去吃饭,你那位男朋友不介意?"

喜欢你就点点头

"我生日没多久以后,我和他就分手啦……不过也是,你最近很忙,不知道这件事呢。"说起上一段恋情,白药似乎不太介意,语气平静得出奇,一双眼还是笑眯眯的。

"嗯,白药,我可不可以跟你借一下这几门的课堂笔记?"陆简诗数了一下她需要借的科目。

白药也没听清楚直接就答应下来了:"好啊,不过我的笔记借出去了,我帮你问问其他人。看在我答应帮你借笔记的份儿上,晚上跟我们一起去吃饭吧?"

"好,谢谢你。"陆简诗答应了下来。

然而,一直等到下午两节课都上完,白药仍然没有主动过来找她。陆简诗简单收拾了一下,回头看到白药他们一帮人还坐在最后一排说说笑笑的,于是往那边走过去。

"白药……"

"简诗,我帮你问过了,他们都要用,可能也没有办法借给你。"白药装出一副抱歉的模样,懊恼地嘟了嘟嘴巴,仿佛做了什么很对不起她的事情。

陆简诗顿时尴尬得不行,脸色也有点儿难看。

"你不会是生我的气了吧?"白药连忙站起来,亲热地拉了拉陆简诗冷冰冰的手,"等他们把笔记还给我了,我就立刻借给你好吗?"

"陆简诗!"另外一个室友小崔当着众人的面爆发起来,"白药也不是不给你借笔记,你摆这样一张臭脸给谁看?还有,你现在成红人了吧，不是赚很多钱了吗？还用得着回学校？"

关于小崔，陆简诗至今都想不明白她为什么好像特别讨厌自己，大一一整年自己还住在寝室里的时候，她就喜欢找自己的碴儿，每一次都是一些鸡毛蒜皮的小事，可她就是有本事把这些小事放大，闹得整个寝室，甚至其他寝室的人都过来围观。

每一次，陆简诗都会被她闹得无比尴尬，这也是她不想继续住在寝室里的重要原因之一。

眼下，陆简诗再一次尴尬得无地自容，她可以跟以前一样转身就走，可这一次，她实在忍受不了了。

凭什么，她们每一次都要联合起来欺负她一个？

突然，白药先看到宁之远从外面的走廊经过，然后走进这个教室。

"宁校草！"一看到宁之远，白药的一双眼都发光了，"你是不是来找我的？我们不是约好晚上见面的吗？"

"陆简诗，陪我去图书馆吧？"宁之远并不搭理白药，仿佛她是隐形人。

然后，他当着众人的面牵上陆简诗的手腕，直接把她拖走了。

"心理学、应用作文、微积分……"

陆简诗被宁之远拖着去到图书馆，才刚坐下，宁之远就从自己的书包里拿出各种各样的笔记，一溜儿摊开放在陆简诗的面前。

"这是什么？"

"我至少借了五六个同学才抄来的笔记。"宁之远有点儿自豪地说,"下周不是期中考试吗?我想着你前一段时间没有空,肯定也落下很多笔记,所以帮你借了不同同学的笔记,我再亲手抄下来的。"

"谢谢你。"陆简诗小声道了谢,然后把宁之远推过来的笔记拿在手上翻看。

陆简诗记得自己曾经看过宁之远的字,没想到过去这些年了,他的一手字不仅没有退步,还写得越来越好。他的字是标准的小楷,字体刚劲有力,一笔一画都很有讲究,也不知道他抄写了多长时间。看着他的字,她有些呆愣。

"你今天是不是不舒服啊,要不要陪你去看医生?"

"啊?我没有不舒服……"陆简诗闻言抬起头来。

"我还以为你不会要我的笔记,然后冷冷地撂下一句'谢谢你的好意,我自己会想办法'。"宁之远一边说着,一边模仿她平日的语气,还学得挺像。

"我平时是这个样子?"陆简诗无比意外。

"你一直都不知道吗?"

不知道。陆简诗失落地想,她第一次从别人的模仿中看到自己是什么样儿,她也觉得这样子的自己很冷,很不近人情,也不难想到寝室里的同学为什么这么讨厌她了。

可是,宁之远为什么就不觉得她讨厌呢?

"宁之远,你晚上是要跟白药吃饭吗?"陆简诗本来想问宁之远为什么不讨厌自己,转念一想,还是转移别的话题比较好。

"她约了我很多次,可我从来没有答应过。"刚说完,宁之远小心翼翼地看了一眼陆简诗,她是不是从白药那里听说了什么,她是不是……有点儿吃醋呢?

"那她为什么会用肯定的语气跟我说,你们俩晚上会一起吃饭?"陆简诗还是想不太明白。

宁之远又好气又好笑:"白药是个聪明的人,总是找不同的借口和理由去接近我。不过,她想方设法地接近我,然后蹭热度,让我觉得很反感。"

"你的意思是……白药一直自作多情?"

"对,她总喜欢在别人面前提起我,说我跟她如何如何,其实我从没搭理过她。"

陆简诗只是模棱两可地点了点头。

"你是不是……介意啊?"宁之远充满期待地问。

"我介意什么?"

"介意我跟别的女生一起吃饭,或者干吗?"

"宁之远,你想多了。"

陆简诗装作低头开始抄写笔记,其实心里小鹿乱撞。她明明以前就听宁之远解释过他跟白药的关系,再次听到他亲口解释,心里又莫名安定了一些。

那个下午,好像跟以往无数个下午一样平淡无奇,没有什么波澜,但对陆简诗来说,终究有点儿不一样。

因为,宁之远坐在她的身旁,他在看书,她在抄写笔记,两人

喜欢你就点点头

都没有过多的言谈,却多了几分彼此都意想不到的默契。

傍晚,一同离开图书馆以后,陆简诗要请宁之远去吃饭。

宁之远心里暗暗高兴,虽然很快又想到,陆简诗之所以请自己吃饭,是为了感谢自己给她借来重要的笔记帮助她复习期中考试而已。

"我可以自己选吃饭的地方吗?"宁之远悠悠地问。

"当然。"

"我想吃烧烤。"

"什么?"陆简诗愣了,"你不怕又吃坏肚子吗?"

如果吃坏肚子可以换来一次她对自己的照顾,那宁之远觉得很划算,非常划算。

"不怕,我觉得烧烤挺好吃的,一起去吃吧!"宁之远自然不可能把心里话说出来,但他又觉得,陆简诗好像也蛮喜欢吃烧烤的吧。

宁之远不知道,陆简诗其实并不是很喜欢吃烧烤,她只是对烧烤有一种特别的情感。

她还记得很小很小的时候,林彩萍和陆海的感情还不错,陆海还没有染上赌博,他们俩每天下午就开始干活——把买好的食材穿成串,晚上就推一辆小推车到路边卖已经穿好的烧烤。有时候会摆摊到凌晨两三点,生意好的话,还会一直工作到第二天的清晨。

而陆简诗呢,当时小小的她也只能跟在两个大人身边,看着下班的大人或者放学的学生吃着她爸妈亲手做出来的烧烤,脸上便挂着笑容。路边昏黄的灯光暖暖地洒了下来,烧烤食物的香味扑鼻而来,让眼前的场景更添了几分朦胧与温暖。

当时的她虽然只能看不能吃，也觉得爸爸妈妈这样长时间工作很累很苦，却是幸福的。

然而，这样的日子随着陆海染上赌博就结束了。所以，直到现在，每次在路上看到卖烧烤的小摊，她都会特意停下来看一会儿，或者买上一两串，可再也没有小时候心里满溢的幸福感了。

没想到，宁之远会喜欢吃这种路边小吃。她自然不会想到，宁之远是因为她才喜欢吃。

晚上，陆简诗带他到一家自己光顾过好几次的烧烤摊吃东西。

"我事先声明，我吃过这家店很多次了，但也不能保证你不会像上次那样吃完就拉肚子。"

"放心，我这一年来吃过很多顿烧烤，没有再吃坏肚子了。"

"你是说，你在美国也吃烧烤？"陆简诗吃惊得不行。

"嗯。"宁之远一脸认真，"每次吃烧烤的时候，我都特别……想你。"最后两个字，他说得特别轻。

陆简诗愣了，没有说话。

"哈哈，点吃的吧！"宁之远不是故意这么说的，但一些真心话就是喜欢从嘴里跑出来。

之后，两人像什么事情都没发生过一样，大快朵颐着。

陆简诗不经意地抬起头，看到宁之远吃得一嘴巴的食物，腮帮鼓鼓的，好看的笑容爬上脸颊……她一阵恍惚，有一种久违的温暖感觉爬上心头。

虽然只是一闪而过，但她切切实实地感受到了。

下午三点，咖啡馆内。

温暖的阳光透过透明的窗户洒了进来，照在坐在靠窗位置的人身上。

宁之远一个人对着苹果电脑聚精会神地敲了很久的键盘，等到他终于忙完，肩膀和腰椎都传来一阵疼痛。恍了恍神，他才发现自己已经坐在咖啡馆里将近七个小时了。

宁之远把刚刚自己设定的一百道题目保存到桌面上的一个文档里，然后打开邮件，把文档作为附件上传到新写的邮件里。

上传完附件以后，他在邮件的空白位置上又敲下一串英文，大致内容是："莫林教授，这是我根据记忆学出的一百道题目，请您有空的时候看看。对了，不知道您是否记得，那天我们见面时，我跟您提起一个女孩儿，当时真想带她过来跟您见一面，可惜教授您实在太急着回美国……"

莫林教授就是宁之远之前去美国时认识的那位记忆学教授，宁之远跟老教授学习和研究过记忆学一段时间，对记忆学产生越来越浓厚的兴趣。

那次《记忆训练营》的最后一场终极挑战，宁之远因为要去接教授，所以没有赶得上去到现场给陆简诗加油打气，这件事始终是他心中的一个遗憾。

本来宁之远想着要带上陆简诗去见莫林教授，可教授家里突然发生了一些事情，只在 N 城待了两天又急匆匆地飞回美国去。

敲完新的邮件以后，宁之远反反复复地看了几遍，查了几遍错别字，确认没有任何问题，才按下发送键。

顿时，他整个人松了一口气。

不知道老教授什么时候会看他的邮件，他站起来又要了一杯咖啡，然后拿着咖啡回到座位上。

过了二十分钟。

宁之远听到一声提示，右上角弹出来一个新消息，显示有一封新邮件。他的心脏忽地一跳，连忙点击新邮件，看到是莫林教授回复了他。

只有短短的几行字："亲爱的宁，我已经仔细看完你的邮件，你出的题目都很棒！年轻人，加油去做自己想做的事情。至于你提到的那个女孩儿，我相信我们未来会见上一面的。"

宁之远不敢相信自己的眼睛，把最后这一行字又翻来覆去读了十几遍，最后确认一切都是真的，不是在做梦。

这一刻，他想要把这份巨大的喜悦分享出去，且分享的对象只有陆简诗。

然而，电话响了很久，陆简诗那边一直没有接。

宁之远不知道，陆简诗去了一趟医院。陆海的主治医生之前给她打了一个电话，说希望她可以亲自到医院一趟，于是她便来了。

跟医生聊完以后，陆简诗的心情又添了几分沉重，之前参加节目得到的通告费几乎全交给医院了，她也打算从这个周末开始重新回玩具店上班,可是这只是杯水车薪。

刚才主治医生看到她为难的样子,也给她出了个主意,说是可以通过众筹给她父亲治病,但她很快想起自己学校的那些同学对她的态度,摇摇头,咬咬牙说不用,她自己再想想办法。

离开医院,陆简诗才看到宁之远刚刚打了几个电话给她。

"宁之远,有事吗?"陆简诗重新给他拨了个电话过去。

"没事就不能找你吗?"

听他的语气,陆简诗感觉宁之远那边像是发生了什么很好的事情一样。

"你在学校还是在外面?我今晚想请你吃顿饭。"也许是心情太好了,宁之远没有察觉到陆简诗的情绪不太对劲。

"不用了,我待会儿还有点事。"

宁之远有点儿失望:"不单单只是吃饭,还想找你说一件事情。"

"改天吧。"

"你是不是心情不太好?"

陆简诗苦笑,她心中有很多苦闷,很多话都是不能跟他说的。

"那么,你什么时候有空?这个周末有空吗?"话一说完,宁之远才突然想起来一件事,这个周末,刚好是他二十岁的生日。

他以为陆简诗还记得他的生日,十七岁到十八岁,是他们俩关系最好的那一年,他除了对陆简诗说过要跟她考同一个大学,也说过,希望以后每一年的生日都可以跟她一起过。

"你几号生日啊?"当时,陆简诗装作无意地问了一句。

"11月9号。"宁之远笑嘻嘻地回答,"陆简诗,以后我过生日,要是我邀请你来,你会答应吗?"

那时,陆简诗的脸庞迅速红透了,第一次听到有男生问自己这个问题,而那个人又是宁之远。她觉得很珍贵,但正因为珍贵,才不敢轻易答应。

回忆到这里,宁之远幽幽地叹了一口气,他相信陆简诗的记性那么好,而他……曾经又是她心中比较重要的人,她一定不会给忘了的。

然而,宁之远还是失望了。

陆简诗的心里乱糟糟的,只想赶紧把电话挂掉,然后想办法去赚钱,语气也变得不耐烦:"对不起,我可能周末也没有空。"

"简诗,你要是遇到什么事情,可以跟我说的。"

"宁之远,你能不能不要这么……"陆简诗差点儿就要说出"温柔呢"这三个字,然而,说出口的却是,"不要这么多管闲事?"

瞬间,周遭的空气凝固了,宁之远顿了几秒,挂了电话。

陆简诗听着手机里传来的忙音,心里好似有一阵大风刮过。

她每一次都希望把他推开,可每一次又会在心里暗暗地期待他不会被自己推开。她复杂又矛盾,也认不清楚自己心里真正的想法是什么,她并不是真的讨厌宁之远。

陆简诗很不喜欢自己这个样子,甚至是讨厌。

周末。

喜欢你就点点头

随着《记忆训练营》这一档节目的热度慢慢褪去,陆简诗觉得自己的生活重新回到以前。

一早,陆简诗还是六点多醒来,简单洗漱过后就坐公交车去到市区的百货商场。几天前,她打电话给玩具店的老板时,他很意外她竟然还会重新拜托他,让她回去做兼职。陆简诗笑了笑,说自己不过是参加过一档节目,她还是一个普通的大学生,周末还是要做兼职。

"小陆,太好了!你愿意回来帮忙,我相信生意一定会很好的!"

"老板,你觉得其他人会认出我吗?"

陆简诗很意外,她只是参加过一个节目,很快就会被人遗忘了吧?

"再怎么说,你也参加过节目,也算是一个小名人。"

一个多小时以后,公交车停在终点站。

陆简诗打起精神去到玩具店,然而,老板一看到她,脸色有几分不自然。陆简诗回头就看到老板的女朋友也在店里,于是轻轻冲她点了一下头。

"小陆,是这样的……"

看到老板说话吞吞吐吐的,陆简诗就觉得不对劲了。老板说已经跟他的女朋友商量过,为了避免引起不必要的麻烦,他们觉得陆简诗这段时间最好是穿上熊熊装工作,去商场中庭派发传单或者站在门口招揽生意,除去吃饭和上卫生间,其余时间都不能摘下头套。

"老板,我可以问问为什么这么安排吗?"陆简诗不是那种不能吃苦的女孩儿,只是硬性地规定她戴着头套工作八个小时,她怕身体会吃不消。

"之前不是还有一个男孩儿吗,他前几天跟我说以后不过来兼职了,总得有人戴着头套去派传单的。"

这家玩具店的面积不是很大,就算是周末,人流量也只比平时多一倍,但老板和他的女朋友都在,陆简诗总不能也挤在店里帮忙吧?所以她确实只剩下这个活儿可以做了。

那一边,老板的女朋友抱着手臂冷冷地看着陆简诗。她本来就不太喜欢这个女孩儿,怕陆简诗会跟自己的男朋友产生什么感情。虽然男朋友向她保证过很多次,他与陆简诗认识这么久从来只有雇主与兼职学生的关系,不过她可不会掉以轻心,最好就是让陆简诗知难而退,主动提出辞职是最好的。

当然,她要是不想辞职,那么就做点让她感到为难的事情咯。

老板也十分为难地看着陆简诗,陆简诗上一次尝试过戴着头套工作的滋味,可以说是终生难忘。她知道可能是老板的女朋友出的主意,她也没有责怪老板,权衡了一下,还是点点头:"好的,我照做就是了。"

有了第一次的经验,第二次戴上这个头套好像没觉得很痛苦了,虽然仍然很难呼吸,汗水源源不断地流淌而下……

很多事情,一旦适应了,也就没觉得有多可怕了吧。而且,对陆简诗来说,她戴上头套干活,谁也不知道里面的人是她。她不

喜欢你就点点头

用面对别人的目光,也不用跟人寒暄交流,这样才是一种比较舒服的,也很适合她的状态。

今天是个特殊的日子,陆简诗跟老板请了两个半小时的假,下午三点钟就回到店里,把头套摘掉,收工离开。

"小陆,喝口水吧!"老板径自追了出来,想要给陆简诗递去一瓶水。

"谢谢老板!"

看到她这个样子,老板本来追出来不单单是为了送水,还有别的话要说,但最后只是挥挥手:"那你路上小心!"

这一天下来,陆简诗一直没有时间看手机,可是她能感受到手机时不时地振动,可能是短信,可能是微信,也可能是电话……

走出商场时,陆简诗刚好经过一家专卖男士包包的品牌店,她的脚步莫名地顿住了,目光不由自主地被橱窗里的一只包包给吸引了过去。

是一种感觉吧,一看到这只包包,陆简诗就觉得它像是为宁之远量身定做的,宁之远要是背上它,一定很合适。

在想什么呢?陆简诗甩了甩脑袋……她没有忘记今天是11月9号,是宁之远的生日。有些时候,正是因为一些事情没有被忘记,所以才更不能够提起来。

可是……她后知后觉地想起来,跟宁之远认识这么多年了,她竟然从来没有送过他一份礼物。

宁之远把手机攥在掌心有一天的时间了，可陆简诗就是没有回过他一个电话或者一条短信。

从9号的凌晨开始，宁之远的手机像是被施了一道魔法，各种各样的生日祝福的信息疯狂涌入，他并不在意生日不生日的，也不是太在意到底有多少人给自己发信息，记得自己的生日。

尤其是那个白药，从早上一直打电话给他，他一次也没有接。

他最在乎的，是心中珍藏着的那个女孩儿到底有没有给他发信息，哪怕是只有四个字"生日快乐"。

可是，等了一天，陆简诗就是没有一句表示。她是生自己气了吗？难不成，她还在介怀自己一年前不告而别去了美国的事情吗？

"简诗，希望今天可以见上你一面。"把这条信息发送过去以后，宁之远垂下了头，重重地叹了一口气。

下午四点多，N城郊外墓园。

头顶的天空已经阴沉了一整天，陆简诗倒了两趟公交车，再步行了将近一公里的路才来到墓园。

她刚进入墓园，雨水便开始哗啦啦地浇灌下来。她撑开伞，但雨势滂沱吓人，她的半边身体在几秒钟之内被打湿得透透的，但她不想去躲雨，直接撑伞快步走到林彩萍的墓碑前，长久地看着墓碑上小小的寸照。

今天是宁之远的生日，其实也是林彩萍的生日。

宁之远应该不知道家里的保姆也跟自己同一天生日，很久以前，

喜欢你就点点头

林彩萍每次在陆简诗的面前提到宁之远,都是夸奖,偶尔也会说自己跟宁家是有缘分的,不然他们俩的生日怎么会恰巧在同一天呢。

"小诗,我们家跟宁家很有缘分。"

"妈,只是巧合而已,世界上同名同姓的人有那么多,更何况是同一天出生的?"那时候听到"缘分"两个字,陆简诗也暗暗希望自己与宁之远是有缘分的。

之后,她便默默地把宁之远的生日给记下来了,仿佛镶嵌在脑海里,怎么也忘不掉。

所以,那一次宁之远主动在她面前提起自己生日的时候,她其实早就知道了,但还是装作毫不知情的样子。

是妈妈的生日呢,她怎么有心情跟宁之远庆祝?

以前,她们母女俩相处的时间很多,可很多时候,她们总是沉默,沉默地看着彼此,又或者是沉默地做着自己的事情。

现在想起来,陆简诗很遗憾当初没有好好地跟林彩萍相处。

"妈妈,如果您在天之灵知道我参加了节目,上了电视,您一定会很高兴吧?"滂沱大雨中,陆简诗撑着伞保持这个姿势一动不动,对着墓碑上的小小照片自言自语着,"您一直很欣赏的宁之远也回国了,我们就是在录制那个节目上遇见的。重遇以后,他经常出现,也经常帮助我……"

时间一分一秒地溜走,雨水已经把她整个人淋湿。

她不能经常过来这边,只好选在这一天,一次性地把这段时间以来发生的所有统统都诉说出来。

陆简诗准备离开的时候，天色昏暗，雨也停了。

她蓦然抬起手抹了一把脸庞，才发现自己的一张脸不知道是被雨水还是泪水濡湿了。

也许，她并没有外表看起来那么冰冷无情，她只是不知道应该要怎么表达出来罢了。

晚上，下过雨的天空是深蓝色一片，半轮月儿高高地悬挂在天空。

陆简诗踩着朦胧的月色走向出租屋，不知道那里有一抹颀长的身影站在那儿等了她将近六个小时。

六个小时，对一些人来说，打个游戏，看几场电影就一晃过去了。而这个人，他在这段时间里一会儿站着一会儿坐着，时不时焦灼地拿出手机翻来覆去地看，想看看陆简诗有没有回复自己的信息。更多的时候，他都在发呆，好似她不出现，他便再也没有力气做其他的事情。

听到身后传来脚步声，宁之远一个激灵，无比迅速地回过头来，然后一动不动地看着陆简诗。

两人隔着一段不远也不近的距离，就这么互相静静地看着彼此，谁也没有要主动往前走一步的打算。

还是陆简诗抬起脚步往那边走去，毕竟，她还要回家。

经过宁之远身边的时候，他终于伸出手轻轻握住了她的手腕。

"陆简诗，你一整天都去哪里了？"他不知道她是不是又去做兼职了，他只是想在今天见到她，跟她说说话而已。

为了等她回来，他推掉了妈妈殷红特意准备的饭局，还有一些

喜欢你就点点头

好朋友打电话约他出去吃饭聚会，他都没有去。他不知道陆简诗去了哪里，不知道她为什么不回复电话或者信息，只好傻傻地跑到她的出租屋楼下等着。

"简诗，我是不是做错了什么，或者是说错了什么话，所以你生气了？"

陆简诗原以为宁之远会发火，会生气，可统统都没有。他对她的态度从来没有不好过。

她定定地看了他好一会儿，然后痛苦地摇了摇头。

不是，不是这样的。宁之远，你什么问题都没有，有问题的那个人是我，是我不想再接受你的好。陆简诗默默地想着。

"你摇头了，那是因为什么理由不理我？"至少，从他回国以后，陆简诗没有过一整天都不搭理自己的。

陆简诗的一双眼睛像小兔子一样，红红的又湿漉漉的。

她应该怎么跟他说，她还没想好怎么给陆海交钱治病，也不知道怎么在林彩萍生忌的这一天也跟其他人一样，装作平常地跟他说一声"生日快乐"。好像是有无数双手紧紧地掐着她的心脏一样，让她觉得很压抑、很痛苦，透不过气来。

陆简诗想到妈妈林彩萍出车祸的那一天，她整个人手足无措又慌张无比的时候，不停地拨打他的电话，却得不到他一声回应的那种绝望到谷底的心情。

最重要的是，她一直觉得宁之远像是天上悬挂着的明月，那么美又那么动人，却可望而不可即。

他，不可能属于她的。

"宁之远，我觉得我们俩不应该走得太近。"陆简诗思考了一会儿，收拾好情绪，然后开口说，"我谢谢你总是帮助我，在我需要的时候出现在我身边，也谢谢你们一家曾经帮助过我，可我仔细想过了，我们还是保持点儿距离，好吗？"

为什么……

宁之远愕然地后退了几步，陆简诗的这番话算是正式拒绝他了吗？

"再见。"陆简诗忍着心里的剧痛，头也不回地冲进黑漆漆的楼道里。

听着她的脚步声远去，直至再也听不见，宁之远像个坏掉的机器人，仍然一动不动站在那儿，只有一双漆黑的眼睛轻轻地眨了眨，掉出了一滴晶莹剔透的眼泪。

「第六章」

火光

医院走廊上,一个女孩儿正疯狂奔跑着。

陆简诗已经用尽力气,可是速度还是不够快。她刚刚还在上课,突然接到医院打来的电话,医生告诉她陆海突然陷入重度昏迷,现在已经被送去ICU(重症监护室)救治,让她想办法赶来医院。

多少年了,每一次看到陆海为了从家里拿钱、偷钱去填上无底洞一样的赌债时,看到他一次又一次地动手打林彩萍时,她的心里都浮现过种种恶毒的想法。

她不是什么圣人,她也只是一个普通人,看到自己的爸爸这样子,她真的很恨他,无比痛恨。

可是这一刻,医生跟她说陆海有可能救不回来的时候,她根本没有办法形容自己的心情到底是什么样的。

是庆幸吗?庆幸这个祸害了他们一家这么多年的男人终于死去了?还是觉得悲哀?悲哀这个世界上她唯一的亲人也要离她而去

了?

突然,脚下被什么东西狠狠地绊了一下,陆简诗来不及刹住脚步,十分狼狈地摔在地上。

人来人往的医院里,充满消毒药水气味的走廊上,没有一个人停下来关心趴在地上的女孩儿发生了什么事。

医院从来都是一个充满温情又充满冷漠的地方,许多人在这里上演着一场场的生死离别,根本没有闲暇的心情去关照一个陌生人的情绪。

陆简诗从地上慢慢地爬了起来,她伸手抹了一把脸,轻轻地吸了吸鼻子,又继续往前走去。

ICU在走廊的尽头。

陆简诗浑身发寒地坐在一张蓝色的塑胶椅子上,她上一年才送走了车祸身亡的妈妈,并不希望今年又要再失去一个亲人。她在心里面默默地祈祷着:老天爷,我知道陆海的病很严重,可是,您能否稍微开恩一下,通融一下,让他再活久一点儿?

也许是老天爷听到了陆简诗的心声,不多时,陆海的主治医生从ICU病房走出来,径自来到陆简诗的面前。

"陆小姐。"

医生冲她喊了几遍,陆简诗才终于反应过来,她像是被什么东西激了一下,从椅子上跳了起来,然后紧紧地抓住他的手:"医生,我爸爸他怎么样了?"

爸爸,陆简诗都忘了,她有多久没有这样称呼过陆海了。

"陆先生的意志力很坚强,他撑过来了,现在他已经醒了,你要不要进去看看他?"

"不……不用!"闻言,陆简诗条件反射一般地摇头。

主治医生是知道的,这一对父女的关系并不好。医生也看出来陆简诗是个孝顺的孩子,不然也不会一个人承担着陆海的治疗费用。

"对了,根据陆先生现在的状况,我们有必要对他进行下一步的治疗方案……"

虽然心里早有准备,可这一次医生明确地对她说了,要想继续给陆海治病,她就需要交上下一个疗程方案的医疗费用。

"医生,总共需要多少钱?"

"三十万元。"

从主治医生的办公室离开以后,陆简诗感觉脚步虚浮,要不是用手扶了一下墙壁稳住自己,她很有可能会再次跌倒。

又是一个天文数字。陆简诗感觉心脏的位置又酸胀又疼痛,好像有什么东西狠狠地压在上面,让她再一次感觉到窒息的痛苦。

她从来都不是一个愿意向别人,尤其是陌生人低头的人,像医生说的那样,他从医这么多年,见识过许许多多普通又贫穷的家庭,当他们得知自己没有办法给患重病的家人交上那样庞大的一笔医药费以后,他们都会选择众筹,能帮上一点是一点。

"陆小姐,你回去好好思考一下。或者说,还有没有别的亲人可以……"

"没有。"陆简诗悲哀地摇摇头,"自从我爸在外面欠了一屁股的债，所谓的亲戚早就跟我们一家断绝往来了。"

这一刻，陆简诗伸出手紧紧地抱着自己，她真的感觉到迷茫与绝望了，不知道下一步应该怎么走才是正确的。

"小陆！"

晚上，陆简诗为了再节省一点，回到学校的食堂打了一份素菜和一份白饭，其实没有多大的胃口，但还是命令自己要把所有饭菜都吞进肚子里去。等吃饱了，她才有力气想之后的去路。

就在这时，她听见魏德朗叫自己的名字。

陆简诗很意外地抬起头来。

魏德朗看上去有几分狼狈，他平日的发型总是一丝不苟，眼下他发型莫名变得乱糟糟的，而且，如果她没有看错，能清楚看到他的左边脸颊有一道清晰的手掌印。

"老师，您怎么了？"

"没事儿！"魏德朗在她的对面坐了下来，"被一个女生不小心赏了一巴掌而已。"他的口吻淡得仿佛在讨论今天的天气一样。

一个女生？是林爽吗？陆简诗愕然地张了张嘴，想问又不敢问。她从来不八卦别人的事情，却不知怎的，她还是觉得有点儿好奇，可能是因为其中一个主角是魏德朗吧。

"小陆，真高兴能在这里碰到你。你还记得我之前跟你提过的事情吗？你考虑得怎么样了？"

之前提过的事情？陆简诗一时没有想起来。

喜欢你就点点头

"就是继续上节目啊！"陆简诗回到学校时已经很晚，这个时间食堂也没有多少人，加上他们坐在最偏僻的角落里，魏德朗的声音不自觉地拔高了几分，"我愿意带你上节目，我们以师生的身份一起上节目！"

上节目……陆简诗最近过得焦头烂额的，似乎很久没有想起自己曾经也参加过一档真人秀节目。只是，所谓的"真人秀"都是有剧本的，她觉得寒心又觉得无比失望，还想过以后再也不要上这种类型的节目。

可是……

"老师知道你最近过得很艰难，你看看你自己，整天愁眉苦脸的多难看呀！你是个很好看的女孩子，如果不是身上的担子太重，你跟学校里的其他女孩儿又有什么不一样呢？"魏德朗再一次看穿陆简诗的心事，直截了当地说了出来。

魏德朗的声音本来就低沉性感，轻轻柔柔，一下子就击中陆简诗的心窝。

"老师，您怎么知道的？"

"老师除了记忆不错，也研读过心理学。"魏德朗说得玄乎，但陆简诗心情太糟糕，根本没有多余的闲情去思考他说的话是真还是假。

下一秒，她急切地说："我最近是很苦恼，因为我很缺……钱。"

魏德朗那一双碧蓝色的眼珠微微一转："那你就更应该跟我一起上节目。"

"为什么您只愿意带我一个人？"

"因为……"魏德朗一边看着陆简诗，一边装作无比诚恳地说，"你是我最看好的学生，也是我带的学生中潜力最大的一个，我也不想看到你的才华被埋没。"

陆简诗好像已经没有更好的选择，她知道要是跟着魏德朗去上节目，她可能又要落下很多功课，期中期末的成绩都会退步。还有学校的人，又会对她的事情说三道四。

但是，她不能眼睁睁地看着爸爸失去生命。

陆简诗想到如果妈妈还在世的话，妈妈也会这么做吧，她不过是遵循妈妈的遗愿努力坚持下去而已。

"老师，其他节目也会像《记忆训练营》一样，私下都会有剧本吗？"

魏德朗耸肩一笑："我不能确定，但很多节目都会有剧本吧。还是像我上一次跟你说的那样，你第一次上节目还不习惯，但以后习惯了，你也就见怪不怪了。"

陆简诗沉默地咬了咬唇。

"我知道上一次我也有做得不对的地方，我在这里跟你说一声抱歉。"

听到老师亲口对自己道歉，陆简诗受宠若惊，然后又听见他说："这一次我保证不会瞒着你任何事情。我们不仅是师生，还是合作伙伴，我相信我们携手合作，一定可以赚到更多钱，让自己的人生和命运变得更好的。"

喜欢你就点点头

听到他的话,陆简诗感觉心脏像是被什么狠狠一撞。她的人生与命运真的有救吗?她其实也没有怪过魏德朗,只是他偷偷带自己去见林爽的那一次,她确实是有点儿委屈。

"好的,老师,我答应您了。"也许,这真是唯一的,也是最后的办法了。

听到陆简诗答应,魏德朗松了一口气。本来他以为自己上过《记忆训练营》以后已经拥有一些知名度,私下联系过一些编导,想要继续上新的节目,结果很多编导都说他的名气还不够分量。其中一个编导最近在组建一档新节目,看到他自告奋勇想要报名参加,并没有想让他加入,只是多嘴说了一句如果他能带上陆简诗一起,可能可以安排一下。

"对了,我们在节目上要营造新的人设,高学历学霸师生,还要表现出有 CP 感,这样可以更吸粉。"

"一定要这样做吗?"

"小陆,"魏德朗知道她很抗拒,"我们的师生关系是真的,只是在节目上表现得亲密一点儿而已,我们又不是真的谈恋爱。"

"我没有谈过恋爱。"

"我知道,老师也不会强迫你,但这样更有效果,也能让我们更有话题。我们不是流量明星,没有编导会一次又一次地让没有话题的人去上他们的节目,你能听懂我的意思吗?"

陆简诗怎么不懂,但想象跟实践完全是两码事。

"走了,别吃这些,老师带你去吃好吃的。"说完,魏德朗直接拖上陆简诗的手臂走出食堂，恰好被刚刚路过的白药和几个女同学看到，白药连忙拿出手机对着他们二人拍下几张照片。

白药无比欣赏自己刚刚拍下的杰作，红润的嘴角勾起一抹诡异的弧度，然后把几张照片转发给前男友陈约翰，让他马上转发给宁之远。

"对了，吃完饭我还要带你去买点新衣服。"魏德朗忽然想起什么，又补充了一句。

"啊？"陆简诗愣了，怎么还要买新衣服？

"老师知道你一向节俭，不舍得给自己买新衣服，但你要跟我一起上新的节目，肯定要置办一下。没事，老师愿意给你花钱，等你以后赚到钱了，再把钱还给我也不迟。"

"儿子，你在想什么呢？"

在一家气氛优雅的西班牙餐厅里，宁之远捧着手机不知看什么看得入神，连妈妈殷红叫自己也没听见。

除了殷红，还有一个女孩儿坐在宁之远的对面，她的名字叫作陈祖安。宁之远今天第一次见到她，殷红却说，他们俩小时候见过几回。

谁知道殷红说的话是真的还是假的。殷红是亲自开车到N大把宁之远接走的，说他上次过生日那天没有答应跟自己出去吃饭，他今天不论多忙也要把手头上的事情放下，跟自己出去吃个饭。

再一次听到妈妈叫自己的名字，宁之远终于回过神来，他刚刚听到微信的提示声响起,很自然地拿起手机打开微信看,没想到是陈约翰发来了几张照片,照片上的人是陆简诗和魏德朗。

看到照片的瞬间,他整个人都愣住了。

"小远,冬天要到了,等会儿你陪祖安逛逛商场,你们俩都买点衣服过冬。"

是啊,时间过得真快。宁之远的神思仿佛已经游离到太空以外的地方,谁也不知道他在想什么。

从餐厅里面走出来,殷红找了个理由先离开了,只留下宁之远和陈祖安。

"阿远,我怎么感觉你心不在焉哦?刚刚阿姨跟你说话,你也不搭理,怪没有礼貌的。"

虽然这句话听上去有几分责备的意味,但陈祖安是用可爱的娃娃音说的,完全没有要责怪宁之远的意思。

已经入秋的天气,陈祖安仿佛不怕冷,穿着水鸭绿的吊带小背心还有一条白色的热裤,她的水母头染成亚麻绿的颜色,眼影也涂得花花绿绿的,别人看来可能觉得她俏丽和可爱,但在宁之远看来,她这样并没有一点儿的美感。

宁之远只是冲她笑了一下,算是回应。

下一秒,陈祖安自来熟地把手搭在宁之远的手臂上。

"陈祖安,你在干什么?"

宁之远的口吻很淡,说话的声音也不重,可他的语气很严肃,没有半分开玩笑的意思。

陈祖安仿佛没有听清他说什么，秀气的眉毛轻轻一挑，脸上绽放一个更大的笑容："阿远，我们要不看部电影再去逛街买衣服吧？"

陈祖安爱学台湾女生说话，每一句话都带有浓浓的台湾腔……他不觉得她这样有多可爱。

"刚刚我妈在场，所以我没有说，其实我不喜欢听你用台湾腔说话。"宁之远额角的太阳穴在乱跳。

"好嘛，人家也不想嘛，但习惯了呀！"陈祖安笑嘻嘻的，没有一点要改的意思。

"够了！"

同一时间，另外一边。

陆简诗刚与魏德朗吃完饭，然后随着他来到女装品牌区。漂亮华丽的灯饰下，每一件衣服都像是被施了魔法一样闪闪发光。

陆简诗的脚步显得犹豫与迟疑，作为一个女孩子，她何尝不喜欢漂亮的衣服，梦想着漂亮的衣服可以穿在自己的身上？可是，她有梦想的资格吗？她只是一个穷苦的女孩儿，她的命运从来不由自己掌控。

以前，她每一次去百货商场的玩具店上班时都会经过女装品牌店，可从来不曾停下来好好看过里面的衣服，是害怕吧，也有不敢，总觉得太美好的东西永远不会属于自己。

就连想象一下然后勇敢去追求，也觉得很不可思议。

"小陆。"魏德朗往里面走了很远才发现陆简诗一直没有跟上来，连忙回头去找她,发现她迟疑地停在原地,一双眼睛露出迷茫与困惑的神色,他很容易看穿她的心思,"你怎么不跟上来?"

"老师,我觉得这里的衣服太贵了。"

魏德朗折返回去把她往前面推:"凡事都有第一次,今天你喜欢哪件就拿去试穿,我帮你参谋。如果觉得衣服很适合你,就买下来好了。"

多亏魏德朗一直没有介意陆简诗的退缩,要不是有他在,她应该不会想过去百货商场逛街买衣服,更没有勇气走进任何一家店,把美美的衣服穿到自己的身上。

"小陆,我们进这家店看看。"

魏德朗二话不说把陆简诗推进一家女装品牌店。上一次她参加《记忆训练营》的时候,有赞助商给参加录制的人提供衣服,陆简诗上完节目以后就不怎么穿了,不是因为觉得衣服不好看或者别的原因,纯粹是觉得衣服太昂贵,不适合穿出门。

但魏德朗在路上一直告诫她,想要让一个人注意到你,外在形象是很重要的,之后有了深入交流,对方才会慢慢发现你内在的美好。

"小陆,你爸妈以前没有教过你这些吗?"她还记得魏德朗在带她去吃饭的时候,曾经小心翼翼地问过她。

"没有。"

"没关系,你还有我呢,我会慢慢教你的,也会让你变得越来越好的。"

趁着陆简诗发呆的时候,魏德朗已经让导购员把挂在墙面上的一条水钻蓝纱裙给拿了下来。

"去试试这一条吧。"

陆简诗把裙子拿在手上,光是抚摸裙子的质感,就知道跟她平时在网上秒杀到的衣服或者裙子的质量天差地别。

陆简诗有自知之明,怕穿不好裙子或者弄坏,就让导购员跟着她一起去试衣间。

十来分钟以后,魏德朗听到试衣间的帘子被人拉开,他回头一看,顿时有点儿难以置信。

换上新裙子的陆简诗,配上导购员根据她的气质给她搭的一双细跟高跟鞋,整个人的气质变得完全不一样了。魏德朗忍不住拍手称赞,就连旁边的其他导购员也说这条裙子很适合陆简诗。

"老师,您觉得好看吗?"陆简诗的声音带着几分颤抖。

"非常好看。"魏德朗由衷地说道。

陆简诗没有看到,魏德朗那一双碧蓝色的眼珠幽深地转了几圈,自从由美国来到中国发展,多少莺莺燕燕围绕他,想要跟他有更进一步的交往,但他的眼光也高,更是从来没有把陆简诗列入美女的范畴里。

现在看来,世界上从来都没有所谓的丑女人,只要学会打扮,丑小鸭当真可以变成白天鹅。

"小姐,我要这条裙子。"之后,魏德朗转过脸对旁边的导购员说道。

"老师……"

"小陆，不要换了，就这么穿着它吧！"魏德朗眉开眼笑地走到陆简诗的面前，然后拿出手机，在她还没反应过来时，已经打开自拍模式，迅速无比地按下快门键，和她合拍了一张照片。

再然后，魏德朗把这张照片上传到网络，配上看似简单的一句话："带我的爱徒来买衣服，期待我们俩新的合作吧！"

对一些女孩子来说，逛街是她们最乐此不疲的事情。

陪逛了半个小时，宁之远所有的好脾气统统都消失殆尽，他不想再陪陈祖安闲逛下去了，要不是看在她是殷红带来的人，他很有可能从一开始就甩手走人了。

"陈小姐，时间不早了，我要回去了。"过了不久，宁之远尽量礼貌地说道。

陈祖安一听，把眼睛瞪得如铜铃一般大，再配上娇滴滴的台湾腔："阿远，再陪我一下嘛！"

宁之远懒得与她理论了，索性把烦人的陈祖安丢在原地，然后大步流星地往商场门口的方向走。

至于陈祖安是去或者留，他压根不想管。

可宁之远刚走了几步，就看到陆简诗与魏德朗从另外一个女装品牌店走出来。

更让他想不到的是，很少穿新衣服出现在人群中的陆简诗，身上穿着一条水钻蓝的新裙子，整个人的气质都变得不一样了。

宁之远脚步顿住，想移动，却发现根本抬不起腿。

陆简诗也看到他了，瞬间愣在原地。下一秒，她又发现有一个陌生的女孩子从后面追上宁之远，然后一只手自然而然地挽上他的胳膊，贴着他的身体对着他说着什么话。

两人无比亲密。

"小陆，你要过去跟宁之远打招呼吗？"

听到魏德朗这么问，陆简诗才回过神来，尴尬地摇摇头："不去了，他可能是在约会呢。"

不料，宁之远看到陆简诗和魏德朗准备离开，他蓦地想起陈约翰发来的微信，一时血气上涌，快步冲过去，拦住他们俩的去路。

距离近了，宁之远眼巴巴地看着因为一件衣服而仿佛变了模样的陆简诗，心中思绪万千。

她身上这件新衣服，是魏德朗老师买给她的吗？宁之远想问又不敢问。

"宁同学，好巧，你和朋友也在这边逛街吗？"魏德朗仿佛感觉不到陆简诗与宁之远之间微妙的尴尬，主动开口询问，"我给小陆买了一件新衣服，你觉得好看吗？"

闻言，宁之远身体一僵，哑口无言。

"阿远，他们俩好像也跟你一起上过《记忆训练营》？我没有记错吧！"陈祖安像是跟男朋友撒娇的小女友，邀功一般的口吻，为了今天与宁之远的见面，她之前可是一口气把一整季《记忆训练营》看完，自然认得陆简诗与魏德朗。

"老师，我们走吧。"一听到陈祖安的台湾腔，陆简诗先是一愣，

喜欢你就点点头

然后不由得苦笑了一下。原来，宁之远喜欢这种女孩儿啊。

"陆简……"

看到陆简诗要走，宁之远才反应过来，她是不是又一次误会自己了？他抬腿想要追上去，却发现陈祖安比白药还要难缠——她整个人从后面飞扑了上来，不知情的，一定想当然地以为他们俩是一对小情侣。

宁之远这一次不讲任何客气，直接把她推开了。他心中烦躁，第一次看到这么不知轻重的女孩儿。

把陈祖安甩掉以后，宁之远用最快的速度跑出商场，只看到魏德朗的车子从自己的眼前一闪而过，很快融入沉沉的夜色中。

宁之远拿出手机想要打电话给陆简诗，却发现宁俊生从十分钟之前，一直到刚刚，连续给他拨打了十几个语音电话。

一种不祥的预感从心间蔓延开来，很快传遍身体每一个角落。

"小陆，镇定一些，你完全没有问题的。"

不算陌生的电视台，化妆间也是大同小异的，陆简诗坐在化妆间的某个位置上，从半身镜中看着再次变得焕然一新的自己，既意外又惊喜。

这时，同样弄好妆发的魏德朗绕到她的身后，给她加油打气，让她放宽心。

陆简诗受宠若惊，毕竟第一次跟着魏德朗一起上节目的时候，他没有这么认真对待过自己。

陆简诗本以为这一次的节目会跟《记忆训练营》类似，结果魏德朗在录制的前一周才告诉她，这是一档恋爱真人秀的节目。陆简诗一听，脑袋一片空白，难不成要让她去跟别人谈恋爱？

"放心，不是让我们去谈什么恋爱，而是找的别人假装谈恋爱，我们作为评委负责说说话或者分析而已。"

"老师，我没有恋爱的经验，怎么分析？"

"没事，会有台本的，照着台本把台词给背下来就好。"魏德朗轻松地说道。

可直到要正式开始录制，陆简诗拿到编导发下来的台本仔细阅读过后，才发现魏德朗是其中一个参加"恋爱"的嘉宾，她是作为嘉宾坐在那儿，不需要参与"恋爱"这样的互动，可是她的台词，每一句都是关于魏德朗的，像是一个吃醋的小媳妇儿，看到自己喜欢的男生被人夺了去，发表的言论也是酸溜溜的。

比起《记忆训练营》，这个节目完全不用动脑子……唯一要花点心思的地方就是把属于自己的台词给背下来而已。

然而，到了录制现场以后，陆简诗状况百出，她是完全有能力把台词背下来，但说出来的语气与态度都是不对味的，也让其他嘉宾觉得很愕然。

休息的时候，魏德朗特意把陆简诗拉到一边去说悄悄话："小陆，想想你以前看过的电视剧，想想那些女演员是怎么表演的，还有，想想你爸爸，他还在医院躺着等着你拿到酬劳去治病的。"

陆简诗咬着唇一言不发。

喜欢你就点点头

"私下多练习练习,这个节目的热度会比《记忆训练营》更好,也会让我们赚到更多的钱。你相信我。"

陆简诗点点头,她很快想到一个办法,就是把魏德朗换成宁之远……当她的脑海里浮现起宁之远分别跟白药还有陈祖安在一起的画面时,说出来的台词也变得有味道了。

连导演也赞扬陆简诗,说她进步神速,表现得非常好。

录制完第一期的恋爱节目以后,陆简诗才知道宁之远跟学校请了长假,又去了一趟美国。

是他爸爸宁俊生有什么事情吗?

这个恋爱节目录制到第二期的时候,魏德朗不知从哪里又联系到一个节目编导,然后拉上陆简诗去跟导演洽谈,准备带着她去参加一个关于侦探查案的真人秀节目。

"老师,您都是怎么联系这些导演的?"魏德朗自然不会告诉她,他跟林爽偷偷摸摸地恋爱,林爽私底下帮他拿到了不少资源。

虽然不知道魏德朗是怎么办到的,但比起恋爱节目,陆简诗觉得这种类型的节目更适合自己。她喜欢动脑子,喜欢挑战一切有难度的东西,还有,她好像不知不觉中找到了参加节目的感觉。

跟导演洽谈完,魏德朗开车送陆简诗回到她的出租屋楼下,不知怎的,他又重新发动车子,没有让陆简诗下车。

"我们又要去哪里?"

随着相处的时间变得多了,陆简诗很容易就发现,魏德朗是个很有想法而且想到就要去做的那种人,他从来不会磨磨叽叽,也不会犹豫不决。很多人之所以没有成功，缺少的也许就是魏德朗身上的这股冲劲吧。

"老师带你去换个好一点儿的住处。"魏德朗一边开车一边说，"你不能继续住在这样的地方，虽然租金便宜，但是鱼龙混杂的，不安全，况且你是一个女孩子……"

陆简诗没有想过，除了妈妈，除了宁之远，魏德朗也会这么关心自己，但她还是觉得打扰到他了。

"老师，我住那里挺好的，方便回学校，也没有什么不安全的。"

"小陆，等你住上好一点的房子，不出几天，你就会明白我的用心了。"

那个下午，魏德朗带着陆简诗去找自己相熟的地产中介，让中介带着他们俩去看比较高档一点的小区。

陆简诗一开始不以为然，慢慢地，她跟着他们的身后走进这些环境优美、绿化也做得很不错的小区，她的内心掀起了不小的波澜。她从前只去过宁之远家的别墅，但每一次都是匆匆掠过，完全没有停下来好好参观过，而且，那时候也不敢吧。

现在，地产中介的服务态度很好，把她与魏德朗当贵宾一样对待，陆简诗仿佛打开了一扇新世界的大门。她就住在房龄超过三十年以上的老房子，也没有见识过更宽广的世界，这些配备着基本家具的精装修的小公寓，在她眼中犹如别墅一样豪华而精致。

也让她只敢在心里默默地惊叹，能住在这样的地方，一定很舒服吧。

喜欢你就点点头

"小陆,喜欢哪一套?"

"老师,我觉得……"突然听到魏德朗叫自己的名字,陆简诗仿佛从美好的天堂坠落到地面,她不敢有飘飘然的感觉,总觉得自己不配。她也不可能告诉他,她每一套都很喜欢,更不舍得拿辛辛苦苦参加节目赚来的钱去给自己换个好点的住所。

魏德朗的嘴角挂着微笑:"没事儿,价格不是问题,只要你喜欢,老师先帮你垫付一个季度的房租以及中介费。"

陆简诗想要拒绝,但好像找不到拒绝的理由,因为,她也好想住一下环境很好很安静的房子。

"老师,谢谢您,我比较喜欢第二套房子……等我赚到钱了会尽快还给您。"陆简诗真诚道谢。

魏德朗只是自信十足地弯起嘴角。

换作是别人,魏德朗怎么可能管她住在什么地方呢?就算住在贫民窟也管不着,但陆简诗不一样,自从跟她捆绑一起上节目以后,他的身价也跟着水涨船高,有越来越多的邀约自动找上门来,他实在开心得不行。所以,他也不能一直看着自己的学生身处黑暗而不去伸手拉她一把。

他要让陆简诗逆袭,要让她变得更好,他不要她的感激或者答谢,他是为将来两人的捆绑销售做更好的打算罢了。

就当作是一项投资,投入少,回本快,谁不愿意去做呢?最重要的是,他相信陆简诗一定会变得越来越好。

美国，纽约。

宁之远在纽约待了一段时间，他一开始以为宁俊生又控制不住自己做了什么傻事，等到他坐飞机来到纽约，才发现宁俊生是一时不留神从楼上摔下去了，整只右脚掌伤得特别严重，医生说宁俊生起码要卧床休息半个多月。

本来宁俊生觉得自己没什么大事，那一天之所以给宁之远发许多微信，是他们之前就说好的——不论对方发生了什么事，就算是小事，也要立刻通知对方，让对方知道。

宁俊生觉得宁之远是小题大做了，但看到最宝贝的儿子因为担心自己的身体状况不远万里地飞来美国，心里还是觉得很温暖的。感动完以后，宁俊生让宁之远尽快买机票回去。

可对宁之远来说，爸爸的脚伤怎么能算小事呢，他决定等到宁俊生能下床走路才离开。

更何况，大学的功课他很早以前就自学完了。这次过来美国，他还要找莫林教授一起探讨记忆学的事情。

那一天，从莫林教授的办公室出来，宁之远深深地吸了一口气，不多时，他的手机响了一下，竟然是陈约翰发来的信息。

准确来说，是白药发的信息，通过陈约翰转发给宁之远看的。

宁之远皱起眉头，每一次这个白药通过前男友的手发信息给他的时候，他都不知道陈约翰心里到底是怎么想的，为什么要这么卑微？为什么一直不舍得删除她？

这就是爱一个人所愿意为她做的事情吗？宁之远不太认可，只觉得陈约翰太傻了。

　　宁之远是回到宁俊生的房子以后才看的微信，这一看，顿时觉得一股热血直涌脑门——陈约翰转发白药的信息："陆简诗跟魏德朗组成师生 CP 上一档叫作《恋爱 GO GO GO》的模拟恋爱真人秀节目……"

　　节目的第一期就在几个小时以前在视频网上发布了，宁之远怀着十分复杂的心情找到资源，然后打开来看。

　　原以为陆简诗会跟第一次去录制节目时的状态没多大区别，可宁之远想错了。他觉得陆简诗好像变了许多，她变得更会穿衣服，打扮过后变得更漂亮了，一颦一笑都是好看的、赏心悦目的，眼神中充满自信的光彩。而且她也能接住其他嘉宾的话，说起话来也不再哆嗦或者不安。

　　一个人变得自信起来的时候，真的是会闪闪发亮的。

　　看完整个节目以后，宁之远发现一个最严峻的问题，魏德朗是去"谈恋爱"的，他是跟别人配对好的，而陆简诗每一次跟其他人讨论他的"恋爱行径"时，恰到好处的酸味儿溢满屏幕，还有那个眼神……宁之远不知道该怎么形容她在电视上的眼神，那个眼神告诉他，仿佛看见魏德朗与别的女孩儿在一起以后，她是真的伤心了。

　　许许多多的弹幕都是心疼她的，也让她的观众好感指数直线上升。宁之远心里仿佛遭受了一阵锐痛袭击，陆简诗，你可知道我也会心疼你的心疼吗？

　　另外一边。

节目播出以后，魏德朗特意打电话给陆简诗，问她现在在做什么，赶紧去发条微博。

"啊？"陆简诗下午才刚刚搬完家，找的搬家公司，把在老房子的东西都拎到新的住处。后来才想起来，新家什么东西都配备好了，她不舍得把旧的东西都丢掉，只好先暂时摆放在一边。

刚准备坐下来休息一会儿，魏德朗的电话就打进来了。

"可是，我要发什么啊？"

"随便，最好是发个自拍图，配一个简单的表情就好了。"刚说完，魏德朗那边好像还有事，不由分说地就把电话给挂了。

陆简诗虽然不懂得魏德朗叫她这么做的含义，但她还是很听话地登录微博，思考了几分钟，最后发了几个字："搬家真累。"

发完微博以后，她累得直接倒在柔软舒服的大床上。她听魏德朗说过，新房子的大床还有床垫都是很好的，她从小就习惯睡硬板床，从没试过睡这么柔软舒服的床垫，她像个偶然间得到一颗特别甜的糖果的小女孩，兴奋得在床上转了几个圈。

不知道宁之远在纽约过得怎么样了，他……会看到她新上的节目吗？

不多时，疲惫感如潮水袭来，陆简诗不知不觉就睡过去了。

很难得地，陆简诗一觉睡到天亮。

外面天光大亮，温暖舒服的阳光透过落地玻璃窗缓缓地洒了进来，把一屋照亮，也把她整个人晒得暖融融的。她从没睡得这么香，这么久,甚至第一次萌生了一种不想起床的念头。

所以也不难理解,为什么很多人宁愿住好一些的房子或者用贵一些的产品,花再多的钱也没有关系。

等她醒来以后,才发现魏德朗打了无数个电话给她,她还以为发生什么大事儿了,又或者是工作上有事情需要紧急联系。陆简诗手忙脚乱地回拨了个电话过去,结果电话一接通,听见的却是魏德朗爽朗无比的笑声。

"小陆,你昨晚是不是睡得特别好?"

陆简诗从前住的那套房子靠近马路,所以租金很便宜,虽然是九楼,但马路上的声音仍然能清晰地传到楼上去。她习惯听着吵闹的声音睡觉的感觉,第一次在这么安静的环境入睡,香甜无比。

"你赶快去看看你的微博吧……还有,以后多发发微博,尤其要多拍点自拍,你的粉丝会很喜欢的。"

粉丝……

陆简诗不相信自己会有什么粉丝,但也好奇她的微博到底发生什么了。挂了电话,她拿起手机点进微博,顿时傻眼了。

刚开通微博的时候,第一季的《记忆训练营》也录制到后期,热度不少,但她的微博粉丝也才几万,评论很少有上一千的,可是从昨晚播出第一集的《恋爱 GO GO GO》以后,她的微博粉丝人数已经超过了十二万。以前只有几百的评论时,她都有点儿看不过来,更不用说是现在。

她昨晚就真的只是发了四个字,但就是这么简单的一条微博,底下的转发和评论还有点赞数数不胜数,她看着手机界面,整个人都愣住了。

下午的时候,魏德朗开车到陆简诗新的住处,接她去医院。

"老师,我们去医院做什么?"

魏德朗漫不经心地说:"去把你爸接出来,我们换一家私密性高一点儿的医院住,不仅不会受到别人的打扰,对他的治疗也会有很大的帮助。"

"啊?"

"我还是那句话,医疗费用先不用担心,以后你会发现,用好的、吃好的并不是什么奢侈的事情,而是简单得不行的一件事儿。"

"老师,您对我太好了。"陆简诗坐在副驾驶的位置上,好半天不知道要说什么感谢的话。魏德朗对她的好,似乎有点儿超出师生之情了。

而她除了不停说谢谢,也不知道说什么好。

看到魏德朗这样,陆简诗不难想起宁之远,曾经,他也是像魏德朗这般对待她,但为什么她从来没有给他一次靠近自己的机会呢?又是为什么,她能容许魏德朗一点一点地入侵自己的生活,又没有办法狠下心来拒绝他的所有好意?

难道,她现在喜欢的人……是魏德朗吗?

到了医院以后,陆简诗把剩下的治疗费用结算完毕。等她回过神来,魏德朗跟另外一个男护士已经帮忙把陆海扶到轮椅上,然后准备载他去另外一家医疗条件更好的医院。

再次看到自己的女儿,陆海好像都不会说话了,半张着嘴傻傻地看着她,看着看着,眼圈就红了。

陆简诗不打算告诉他,她把他生病之前欠下的赌债也一并还了,她知道换了个医院以后还要用更多的钱,可她也开始笃定地相信,自己会变得越来越好,自然也会赚得越来越多。

那么,她似乎真的没有必要再像以前那样紧巴巴地过日子了。

魏德朗帮忙找的医院的环境确实很好,私密性很高,传言很多明星得病也会来这个医院。

"小陆,你觉得这个医院怎么样?"魏德朗询问陆简诗。

"很好。"陆简诗愣了,何止是"很好",简直是"太好了"。

等忙完以后已经是夜晚,魏德朗看出陆简诗跟陆海的关系很僵,于是做了个顺水推舟的人情,点了一些外卖到医院,然后他们三个人一块儿吃饭。

"小诗……"犹豫了很久,陆海还是颤巍巍地开口问,"住在这里,是不是要花很多钱?"

陆简诗听到陆海小心翼翼地问自己,忽觉鼻子一阵酸涩。

"没事,你不用担心钱的事情。"她强装镇定地回答。

"我们小诗真厉害,还没毕业……就赚到钱了,还给我住这么好的医院。"陆海一边说,一边想着什么,"你妈妈要是在天有灵……一定很欣慰。"

陆简诗的眼睛变得通红,她咬了咬嘴唇,不再说话。

陆海自然吃不下什么,但他很高兴陆简诗愿意跟他一起吃东西,枯槁一样的面容浮现起久久不散的笑容。

陆简诗的心底蓦地柔软了几分,有点儿不可思议。

吃完饭,魏德朗送陆简诗回去,一路上,两人都没说什么话,只是陆简诗能听见他的手机一直在振动,不知道是信息还是电话,也不知道他为什么不接。

相比较宁之远总是愿意掏心掏肺地对待自己,魏德朗却像是一个谜,总让人觉得既远又近。

车子停在陆简诗的新住处楼下。

"小陆,回去早点休息,我们是明天下午的录影,我会开车来接你的。"说完这句话,魏德朗把车窗关上,发动车子离去。

以前,陆简诗都是自己去电视台的,但最近魏德朗都会开车过来接她一块儿去。他的聪明、他的风度、他的温柔,像一张巨大绵密的网,很容易就把没有任何情感经验的陆简诗给捆绑住。

她在原地站了一会儿,才慢慢地转过身,往住处的方向走去。

所以她并没有看到,宁之远刚从一辆出租车上跳下来,他不是小区的住户不能进去,只能眼睁睁地看着陆简诗的背影在自己的眼中慢慢变小,最后变成一抹风,融进了茫茫的黑夜中。

这一晚,虽然两人没有打过照面,宁之远却觉得,陆简诗好像变了……

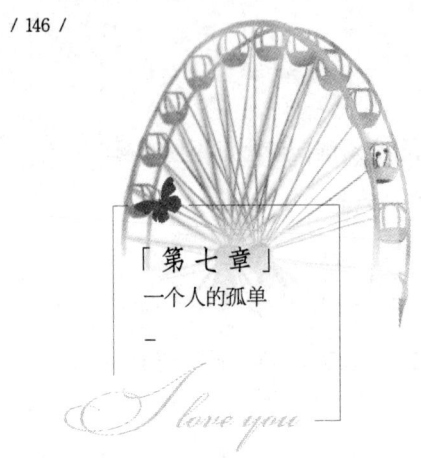

第七章
一个人的孤单

之后的一段时间，陆简诗变得越来越忙碌，她同时要参加两个节目的录制，除此之外，偶尔还要接受一些媒体的采访。

后面的邀约也多了许多，除了上节目，还有广告等，开的酬劳都不错。她甚至可以上一些自己想上的节目，不用完全听魏德朗的意见。

不知道从什么时候开始，她渐渐习惯了这样的忙碌，也习惯了忙完一天以后回到住处只想好好休息的感觉。

从很小的时候开始，她早就认定了命运的不公平，也早早地为自己做好打算，人生中有那么多的道路，她只有通过努力学习才能找到所谓的出路。

努力了那么多年，她现在终于开始有点儿成就了，也通过自己的聪明以及努力得到应有的回报。

生活，好像真的在一点一点变得更好了。

有赞助商给她提供最新款的衣服,有忠实的粉丝给她开了后援会、粉丝会,她发的每一条微博都有几千条的评论和转发,点赞量更多。

久而久之,陆简诗偶尔没有工作在身的时候才会回N大一趟。她在学校也有了自己的粉丝,不是白药那些人,是其他她也不太认识的同学,每次看到她回学校,他们都会跑出来看热闹,更多的是想要跟她说上几句话,或者和她拍一张合影。

陆简诗更是没有再回过寝室了,也没有再跟白药她们说过一句话。

魏德朗开始私下带着她出入一些高级场所,他懂得很多,教她怎么品尝正宗名贵的咖啡,教她品尝红酒、辨认红酒的年份,还有一些娱乐项目,例如打高尔夫球,例如水上冲浪,他都带她去见识了一遍。要是她对哪个项目感兴趣,也会请来专门的老师教她。

也是多亏魏德朗,陆简诗才发现,原来曾经以为那么苍白灰暗的人生,她也是有机会看到彩色的;曾经以为生命中只有读书这条路,她竟然还能拥有那么多丰富的经历。

不知道从什么时候开始,她莫名有着一种飘飘然的感觉,像是双脚踩在云端上,每一步都走得特别小心,生怕一不留神又会从天上摔回地狱。可每一次,魏德朗都会耐心地温柔地告诉她,这一切不是在做梦,是真实发生的。

"小陆,你一直都很努力,如果连你也不能成功,不能得到自己想要得到的东西,那才是不公平。"

喜欢你就点点头

有时候，陆简诗觉得魏德朗更懂她，但她每次这么想的时候，又会不期然地想到宁之远。她总忍不住笑话自己，真是想太多了。她到底何德何能，值得别人的喜欢呢。

关于她跟魏德朗的绯闻传得满世界都是，魏德朗也从来不澄清，陆简诗自然也不会多说什么，因为她无论做什么事情都是听他的。

后来，也有一些媒体想当然地把他们俩写成是一对，有些人不相信，但有些人却相信了。

那一天傍晚，陆简诗从电视台录制完节目就去了一家理发店做头发，她的发型这么多年来都是一成不变的，难得起了心思，想要改变一下，就让发型师帮她烫一下头发看看效果。

之后，她便一动不动地傻傻坐在那儿，没想到做一个头发要这么久。四个小时以后，就在她快要睡过去时，发型师叫了她一声，示意她头发做好了。陆简诗凝视着镜子中变得焕然一新的自己，瞬间以为自己的眼睛出现问题了。

镜子中的那个女孩儿，漂亮优雅，样貌年轻但气质成熟，还有几分知性美。陆简诗真不敢相信这个人就是自己。

付完钱后，陆简诗走出理发店。

快要到公寓楼下时，陆简诗看到一抹颀长的身影朝自己的方向快步走来。

是许久不见的宁之远。

陆简诗没有想到第一个看到她的新发型的人会是宁之远，宁之远也没有想到陆简诗会突然变成现在这个样子。他一向知道她是个漂亮耐看的人，只是不懂得怎么打扮，怎么去让自己变得更好看而已。现在看来，她已经懂得了吧。

那一次从美国回来以后，宁之远就知道陆简诗搬了家，也知道她搬到了这个高档小区。后来也给她打过几个电话，但她是真的忙，他每次打过去都撞上她跟魏德朗在一起或录影或洽谈什么活动，所以每次聊不到几句就匆匆挂掉电话了。

他也曾亲自跑到小区楼下等过她，但她有时候晚上也不会回来了，在外面留宿过夜，宁之远等到第二天一早也没看到她人，只能灰溜溜地回去。

每一次的等待，都是煎熬又难耐的，宁之远每一次都会告诉自己，他都等陆简诗等了那么多年，也不在乎几个或者十几个小时了吧。

"简诗……"宁之远站得远远地，看着刚做完新发型回家的陆简诗，明明那么盼望看到她，可真的看到她的人了，忽然间不知道要说什么才好，只能说一句老套的，"好久不见了。"

陆简诗在宁之远的面前站定，她微微抬起头看着他，也许真的太久没有见面了，她竟然感觉宁之远憔悴了不少，而且他那么爱整洁的人，竟然忘了刮下巴的胡楂。

"是啊，好久不见了。"陆简诗轻轻地说。

"你……"一想到陆简诗现在几乎每天都跟魏德朗在一起，网上的人都传他们俩已经在交往了，他的心里就觉得很不好受，"你变得越来越好了。"

只是，你变得那么好，却跟我没有一点儿关系。宁之远悲哀地想道。

"还好,但最近是真的挺忙的,也没有时间跟你联系。"

"你是不是连学校也不怎么回了?"

从前,陆简诗最喜欢的地方就是学校,她不恋家,每次回家,家里都是空荡荡的,又或者只有陆海一个人在,她会觉得窒息一般难受。久而久之,虽然学校也没有什么朋友,但她更喜欢待在学校。

现在,她最多也就一个月回三四次N大。

"简诗,我们都还是学生,学习才是首要任务。"陆简诗想象不到,宁之远竟然会对她说起这样的道理,"你现在看起来确实比以前好了许多,但谁能保证这一切不是昙花一现呢?一个人要想活得精彩,不能因为金钱而封闭自己的内心。"

"你是觉得我……赚的钱越多,越封闭自己的内心?"

"我只是害怕你会变了。"顿了顿,宁之远连忙补充一句,"还有,我总觉得你跟魏德朗教授走得太近了,你是学生,他是老师,你难道不觉得你们俩太过亲密,容易引起不必要的是非吗?"

陆简诗愣了几秒,她原以为自己变得更好,才有资格跟宁之远站在一起,也可以不再像刺猬那样去面对他了。可是,他却不这么看待。她变得越来越好,他却觉得不好。

"放心,我不会变的,我很满意现在的生活。学校那边,你也不用担心,我有空就会回去的。至于魏教授……他更像是我的一个兄长,他带我认识了这个世界的另一面,我很感激他,但也只有感激而已。"

"简诗,我说这些不是为了什么,只是希望你过得好而已。"

本以为宁之远不理解自己,可听到他这句解释,陆简诗又觉得心里没那么难受了。

"我知道了,我有空就回学校,不会把学习落下的。"

"好,晚安。"

宁之远主动告别,等到他的脚步声远了,陆简诗才重新抬起脚步进了所住的小区。

两天以后,陆简诗的家里。

门铃被人按响,陆简诗匆匆地过去开门。门被打开,她先闻到一股浓郁的新鲜百合的香气,然后定睛一看,快递小哥抱着一大束白色鲜花送到她的面前,诚恳地问:"请问是陆小姐吗?"

"我是。"

"麻烦签收一下鲜花。"

签完自己的名字,陆简诗百思不得其解地抱着鲜花回到房间,她很少买花,更没有给自己买过花,也不知道这束花是谁送的。

很少有人知道她现在的住址,白药她们也只是知道她之前住的那个地方。

是宁之远送来的吗?

陆简诗一直不知道宁之远是怎么查到她现在的住址的,但也没有责怪他。他对自己的关心是实实在在的,但似乎,她从很久以前到现在都没有试过给他一次机会接近自己的内心。

喜欢你就点点头

她变得比以前好了,但跟他之间那种遥远的距离,好像没有发生任何改变。

胡思乱想的时候,陆简诗的电话响了,她以为是宁之远打来的,等听到声音才知道是魏德朗。

"老师?"

"收到我送的百合花了吗?"魏德朗一边开着车,一边用蓝牙耳机跟陆简诗通话,"明天想带你出海玩一天,希望你收了我送的花可以答应我。"

陆简诗原本打算明天回学校一天,期末考试就要来临了。这段时间因为参加比赛和老师请了长假,她已经好久没有回学校上课,可再怎么说,期末考试也不能耽误。

更何况,她在几个月之前还是班上的前几名,她不能落下太多,她不允许自己的名次掉得太多。所以,她想在这段时间里每一天都去学校,好好努力一把。

"怎么了,不答应老师吗?"魏德朗听见电话里头没有任何声音,耐心地问了一句。

"不是,我想明天回学校一趟呢。"

"晚一天再去吧。"魏德朗笃定陆简诗最终还是会跟他出去的,"明天还能给你介绍一些人认识,机会很难得的。"

"嗯,那好吧。"

"好,明天我去接你。"挂了电话以后,魏德朗腾出另外一只手紧紧握了握坐在副驾驶位置上的女孩儿的手。

林爽不满地朝他嘟了嘟嘴巴,她的嘴巴涂满唇蜜,显得粉嫩嫩的。

"哦,现在全世界的人都以为你和陆简诗谈恋爱了。"

"那是他们以为,你只要记得我最喜欢的人是你就好了。"

"你不要以为自己长得帅,就可以随便对我说情话。"话是这么说,但林爽听到魏德朗的情话,笑容绽放到耳朵根,一张脸也变得红彤彤的,"还有,我们俩之前分手过一次了,你这一次要是再惹到我,以后都别想找我复合了。"

魏德朗嘿嘿地笑着,他之前确实跟林爽分开过一次,因为一些鸡毛蒜皮的事情,但后来林爽始终对他念念不忘的,暗地里还给他找了不少关系,不然他也不会得到这么多录制节目的机会,也不会在这么短的时间让自己声名大噪。

"爽姐,你以前对我做过的事情,我真的很感动呢,我爱你都来不及,又怎么会惹你、欺负你呢?"

听到魏德朗的保证,林爽的心甜得像是灌满了蜜,并没有留意到这个英俊男人的眼角闪过一抹狡猾的光。

翌日一早,天刚刚透亮,魏德朗的车子就已经开到陆简诗的公寓楼下。

等到陆简诗打扮过出现在自己的面前,魏德朗顿时感觉眼前一亮:"小陆,你新做的头发不错,让你更漂亮了。"

"老师,早上好。"被异性夸赞,即使这个人是很熟悉的魏德朗,陆简诗还是会觉得不好意思。

"快上车,我们出发去码头。"

车子开了一个小时,到了码头以后,陆简诗看到还有十来个人站在远处朝着她与魏德朗齐齐招手。

都是完全陌生,见也没有见过的人。要是以前,陆简诗肯定觉得很拘谨,也不会想要主动跟这些人说话。可现在不一样了,她虽然心里还是会觉得尴尬,但脸上仍然会保持着礼貌的微笑,偶尔也可以跟陌生人说上几句。魏德朗一直说她这段时间的变化很大,而且也变得越来越好。

变得越来越好了吗?陆简诗偶尔会想起魏德朗不停称赞自己的话,宁之远为什么不这么认为呢?

看人都到齐了,一伙人热热闹闹地上了一艘游艇。

等这艘游艇开到海中央的时候,陆简诗才弄明白今天出海的人都有哪些,其中有一个是电影导演,也是他今天安排的游轮活动。

这个导演跟魏德朗的私交不错,所以把他一起喊上,但他们都没想到,魏德朗又会把陆简诗带来,除了陆简诗跟魏德朗本人,他们十几个人都以为他们俩是名副其实的一对。

时间一分一秒地溜走,陆简诗渐渐地能跟上他们这帮人的节奏,也跟其中的几个女孩儿多聊了几句。

当其中一个女孩儿问陆简诗跟魏德朗在一起有多长时间的时候,陆简诗微微一愣,露出一副完全没听懂的表情。

"我看你们这么亲密,在一起至少半年了吧?"

"是啊,跟我们说说呗,我们也不会说出去。"

陆简诗一脸为难地看着她几个，她刚刚才认识她们，她们当中有些是新人演员，有些是模特儿，跟她所处的圈子是完全不一样的，至于她们说的"不会说出去"，她也不知道应不应该相信。

这时，魏德朗手里拿着一杯香槟来到她们的面前，陆简诗回头看到是他，为难紧张的心情顿时就放松下来了。因为她知道，老师是来解救自己的。

"你们几个在聊什么呢？"魏德朗仿佛丝毫不觉得陆简诗的脸色夹杂着明显的尴尬与不安，微微笑着，语气温柔地询问。

"魏教授，我在问简诗她跟你在一起多久啦！"刚刚那个带头发问的女孩儿故意提起这件事儿。

陆简诗一听，尴尬得头皮发麻的感觉再次油然而生。她与魏德朗传了小半年的绯闻了吧，魏德朗也知道她不喜欢被传绯闻，可他一次又一次地告诉她，不传绯闻，他们俩就没有任何的话题与热度，自然也就不能参加那么多节目，一切，都是为了向金钱低头。

一开始确实很不喜欢，后来她就习惯了，更何况，随着时间的流逝，她渐渐分不清楚自己对魏德朗的感觉，是不是有所改变了。

她想，魏德朗不可能会喜欢自己的。她一直把他当成老师，是恩师的级别，也很感激他给了她上节目的机会……他们表面上是师生关系，私底下是朋友，应该是比朋友更亲密一点儿的关系。

"简诗。"突然，陆简诗听到魏德朗比平时更亲密地叫自己的名字，她吃惊地看着他。

只见他翩翩一笑，那个笑容春意盎然，也让旁边的女孩儿看直了眼。

"老师？"

陆简诗心里一跳，总觉得魏德朗要当着那么多人的面跟她说什么，然后，她听到他一脸诚恳地问："趁着今天人那么多，如果我在这里跟你表白，你愿意接受我吗？"

什么？

魏德朗的话一出口，游艇上听到他们对话的人都纷纷开始起哄，尤其是负责组局的电影导演，听完他的话以后，起哄得最大声。

陆简诗从没遇到过这种情况，只觉得不可思议，紧接着是不能相信。所有人，包括魏德朗在内，都意味深长地笑着看着她，仿佛都跟魏德朗一样，等着她的答案。

可是……陆简诗一时慌了，她要怎么回答？还要当着这么多人的面回答，魏德朗是在跟她开玩笑吗？

陆简诗的一张脸以肉眼可见的速度涨得通红，就在她犹豫着应该怎么回答这个问题时，还是魏德朗主动出来打圆场："好啦，我刚刚跟导演玩'真心话大冒险'输掉了，但我选的不是'大冒险'，而是'真心话'，我是真的喜欢简诗。"

顿时，游艇上所有人都止住了笑意，无比震惊地看着魏德朗。

这时，陆简诗的手机弹出一条微信："简诗，快假装答应下来，你今天见到的这个导演对我们俩很感兴趣，我们趁机又可以炒一拨热度。"

陆简诗看完信息以后慢慢地把手机放下，她刚刚差点儿就要当真了，以为魏德朗故意选在人多的场合跟自己表白。

她很尊敬他、佩服他，更多的是感激，感激他让自己得到了这么多，可是每个人做人做事都有自己的底线，她能够允许魏德朗利用他们俩立人设、卖人设，但好像做不到在别人面前假装承认他们俩是情侣的关系。

也许，魏德朗也是临时起意的，所以没有办法私下跟她串通好，只能在千钧一发的时候发微信让她配合自己。可她不喜欢他这一次的做法，真的很不喜欢。

"老师，抱歉，我不能接受您的喜欢。"犹豫再犹豫，陆简诗终于还是把这句话说了出来。

陆简诗想，自己一定不会忘记，那一天在游艇上，她把话说出来以后，魏德朗的表情有多难看。

魏德朗大概也没有想过，她看完信息以后竟然会拒绝他。

那一晚，下了游艇回去以后，陆简诗一整晚都没有睡好，让她意外的是，她竟然有冲动想给宁之远打电话，可是，她应该在电话接通以后说点儿什么呢？她难道要告诉他，魏德朗在一艘私人游艇上对她表白吗？还是要告诉他，听到魏德朗的表白以后，她脑海中第一个浮现的人，竟然是他宁之远？

曾经有很长一段时间，陆简诗以为自己当年对宁之远的喜欢纯粹只是好感，很多人年轻的时候会不小心错把好感当成是喜欢，好感与喜欢最大的不同是，好感会随着时间的流逝而慢慢变淡，但喜欢不一样,喜欢会随着时间的流逝变得更深,最后演变成深爱。

也是在这一晚,陆简诗想了很多事情。

想着想着,她似乎有点儿明白好感与喜欢的区别,也好像有点儿明白,她为什么愿意让魏德朗靠近自己,偏偏不敢让宁之远靠近;又是为什么在魏德朗把话挑明以后残忍地拒绝他,却一直不敢让宁之远把话都挑明。

她是在害怕,也是在胆怯,宁愿自己跟宁之远从没开始过,也不要眼睁睁地看着他们俩最后以悲剧收场。

直到第二天清晨,陆简诗才迷迷糊糊地睡过去,也没有睡很久,手机便拼命地振动起来,把她从睡梦中吵醒。

也没有看清楚是谁打来的,陆简诗刚按下接听键,电话里就传来一阵尖锐的女声:"陆简诗,你起床没有啊!你看到新闻没有?"

什么新闻?打电话来的人又是谁?

陆简诗刚睡醒,辨别声音的本领也不强,完全没想起这个女孩是昨天被青年导演约到游艇玩的其中一人,也不太记得自己怎么就互相留了手机号码。

"你的那个魏老师啊,昨天不是刚当着我们的面跟你表白吗,原来他和林爽在一起了!"

"什么?"

"他昨晚和林爽出去约会了,还被记者拍到了,新闻都出来了,你赶紧去看看吧!"

如果陆简诗没有听错,对方在挂掉电话前好像发出了一道意味不明的笑声。

陆简诗说不清楚,对方是抱着什么样的心态打电话告诉她这件事儿,是真的替她抱不平,还是幸灾乐祸?

她一向不认为自己是娱乐圈的人,也没有想过要进娱乐圈,她只是想要安安分分地做好自己要做的事儿,其他人或者事情,她知道自己没有能力去碰。

更何况,娱乐圈是一个什么样儿的地方?真真假假,她完全看不透。

挂了电话,陆简诗立刻搜索魏德朗与林爽的新闻。

刚刚打电话过来的女孩果然说得没错,魏德朗跟林爽在昨天晚上约会去了,先是去电影院看电影,然后一起去吃夜宵,全部被记者拍到了。关于他们俩的新闻是早上六点多的时候发布的,许多人刚醒来拿起手机一看就会看到这个新闻,一下子引起很大的轰动。

连带着,陆简诗这个"绯闻女友"也备受关注,再一次上了微博热搜。连微信上的人都来问她,新闻到底是真是假,她一时之间也不知道要怎么回答。

她忽然庆幸昨天上游艇的时候没有听魏德朗的话接受他的假意"表白",当时那么多人在现场,要是头脑发热地接受了,现在的舆论又不知道会变成什么样儿了。

可谁都没有想到,下午的时候,魏德朗照常开车回N大上课,仿佛什么事情也没有发生的样子。

他平时就喜欢和学生打成一片,还是有两三个胆子大的学生主动问他新闻的真实性。

　　闻言，魏德朗只是模棱两可地笑了笑："关于课业的问题可以尽情问我，其他事情我就不方便回答了，同学们下次再见！"

　　离开N大以后，魏德朗没有立刻回到自己租住在市中心的房子，而是在外面开了很久的车，开到半途就找了个机会下车，然后让事先联系好的司机把他的车子开走，再然后，他直接把陆简诗约出来，和她到一家私密性极强的茶室碰面。

　　陆简诗本来不想出来了，她觉得魏德朗有什么要对她说的完全可以在电话里直接交代清楚，可他还是要坚持见她本人。

　　"老师。"

　　这一刻，陆简诗说不上来对魏德朗的感觉。她一直都钦佩他，也觉得他很有才华与学识，可是在处理人际关系，尤其是男女关系方面，却似乎太随便了……

　　跟下午回到学校上课的样子截然不同，魏德朗一脸焦灼地等待着陆简诗的到来，他就怕她不肯出来。当看到她赴约时，他才敢松了一口气："小陆，你现在还愿意帮老师一个忙吗？"

　　陆简诗无比为难地看着他。

　　"爽姐签了合约，她这几年间不能爆出谈恋爱的新闻，不然要赔天价的违约金……我想了个办法，为了把早上的新闻给掩盖过去，我必须要找个信得过的女孩儿假扮是我真正的女朋友。"

　　陆简诗一听，就知道魏德朗再一次把主意打到她的身上来了。

　　"老师，真的有必要这样做吗？"

陆简诗也不是不想帮魏德朗，而是她觉得这样做有百害而无一利，为了掩盖一个真相，就需要由其他人来说谎，一个接一个的谎，到最后会变成什么样子？

"小陆！"魏德朗激动地站了起来，"老师一直以来怎么对你，你应该是知道的，老师是真的很希望你这一次可以帮我。"

魏德朗忽然又想到什么，迅速补充了一句："只要等新闻的风波过去，我会立刻在网络上宣布'分手'，也不会麻烦你太久的。还有你父亲的事情，我可以尽我所能地去帮助他。"

一听到魏德朗主动提起陆海，陆简诗的神情变得微妙起来。

但凡家里有生过重病的亲属的人都应该可以体会到，治病会花掉很多钱，陆简诗也不知道继续治疗陆海的癌症还需要多少钱，陆海是个无业游民，没有医保社保，加上欠债，陆简诗几乎把所有赚来的钱都拿去给医院交费了。

她偶尔也会觉得很累，觉得负担很重，可从来没有在人前流露过一丝丝的脆弱或者无奈。

但魏德朗知道这些。

不仅仅是陆海的事情，陆简诗不难想起魏德朗一路以来对自己的帮助以及关照，于情于理，她似乎都应该帮他一下。而且，说是帮忙，其实这个忙一点儿也不难帮，也不用她做什么高难度的事情……

陆简诗好像也找不到一个合适的理由不去帮魏德朗渡过这次难关。

看到魏德朗的正牌女朋友是陆简诗的消息时，宁之远差点儿就要把手机给砸了，他完全不相信这个新闻。

宁之远迅速给陆简诗打了个电话过去，可是她的手机一直显示占线，他等了好久也还是没有拨通。难道是自己的手机号码被拉入黑名单了吗？

宁之远愕然地放下手机，整个人像是坐了一趟云霄飞车，从最低处被抛至最高处，又从最高处被狠狠地抛了下去。来回几次，心脏早就承受不了。但又因为对方是陆简诗，他始终不肯放弃。

这段时间以来，宁之远也被一些节目编导找过，他们也想请他上节目，不论是节目的名气还是开出的酬劳都不错，可他终究没有答应去任何节目。

他跟陆简诗一样，从没想过要进娱乐圈发展，现在不会，将来也不会。另外，他还是认为他们这个年龄的首要任务是好好念书，他之前之所以参加节目，是因为那个节目有他爸宁俊生的赞助，原因就是这么简单。

当然也有人问过宁之远，关于陆简诗与魏德朗的绯闻到底是真的还是假的？他每一次都告诉他们，传闻只是传闻，只要事件中的主角没有亲口承认过，都不必当真。

他也一次次地在心里告诉自己，陆简诗是喜欢自己的，他们俩的关系之所以变成今天这样，其中很大一部分的原因在于他，他一年前因为宁俊生的事情不辞而别，在她最需要帮助的时候自己并没有出现……

可现在，事件中的主角亲口承认了，魏德朗发了一条微博说明自己与陆简诗的关系，他的这条微博发出去还不到五分钟，陆简诗也转发了。虽然她转发时只配上一个爱心的表情，但也足够引起舆论的风向转变。

而宁之远，一直希望陆简诗之后会澄清，她之所以转发这条微博是账号被盗了，或者是别的原因也好。

她跟魏德朗怎么可能在一起呢！

可事实证明，他们俩是在一起了，因为当天晚上，他们俩出去吃饭的时候被记者拍到了。

晚上的时候，林爽也转发了魏德朗的微博，说她跟魏德朗教授是因为《记忆训练营》认识的，两个人是不错的朋友，但从来都不是男女朋友的关系。那一晚不论是去看电影还是吃夜宵，还有其他人在场的，只是记者故意只拍她跟魏德朗两人而已。现在，她也像广大网友一样衷心祝福他们俩。

这件事从发酵到现在，似乎就应该这样结束了吧？

这段时间，陆简诗已经换了两张电话卡，可又因为工作关系，她的新号码还是会给别人，也总是有人有办法得到她的新号码，然后一遍遍地打她电话，问她各种各样不太方便回答的问题。她只好暂时把手机的所有来电拦截，她想今天先清静一下。

从魏德朗发布微博以后，陆简诗就没有出过门，晚餐也是自己随便做的。她想起自己很久没有看过书了，本来打算坐下来静心看几个小时，可思绪一直混乱无比，也无法静下心来看书。

晚上九点多的时候,她刷了一下微博,发现她的微博再次失控了。原来魏德朗找了相熟的记者,又把他们俩以前吃饭的照片一起发过去,让记者稍微加工一下,然后做成新闻发布到网络上。

顿时,所有人都相信她是在跟魏德朗约会,而她本人其实明明就待在自己的家里,只是不想接电话,也看不进去书,整个人像是在长时间坐着过山车,心跳加速,又焦灼不安,怕什么时候会突然坠落……

陆简诗的脑袋一片混乱,从没有过的混乱。

然而,在凌晨三点的时候,又有一个记者用自己的小号爆料了一个特别劲爆的新闻——这个记者是一直在美国工作的,在媒体挖出林爽和魏德朗谈恋爱以后,他还深挖到魏德朗其实在美国早就有未婚妻,他是因为欠了未婚妻很多钱才来到中国赚钱。

魏德朗的未婚妻叫琳达,她主动跟这个记者爆料了魏德朗去中国以前的很多事情,包括魏德朗在跟她交往以前同时脚踏几只船;魏德朗独创一套记忆方法给他本人带来很可观的收益,可是他不懂得做生意还有错信朋友,把赚来的钱全赔进去,欠下很多外债,最后还找她要钱,要她帮忙还债。

后来,欠了琳达很多钱的魏德朗便人间蒸发了……

从记者拍到的视频中不难看到琳达在提起魏德朗的时候真是咬牙切齿的,一度因为太气愤了实在说不下去。她还跟记者展示了他们俩以前在一起时拍的照片,还有各种聊天记录。

证据确凿。

陆简诗看到微博的时候，第一反应是不相信，认识魏德朗以来，她虽然不太认同他对某些事情的处理方法，可在她的心中，他一直是个有极大人格魅力的老师还有朋友，也给了她不少机会，让她的人生得以改变。

现在突然冒出来一个人说魏德朗在美国有未婚妻，还欠了未婚妻很多钱才逃到中国来？

陆简诗想第一时间联系魏德朗，让他有个心理准备，然而给他发了七八条微信，也给他的手机打了几个电话，他都没有回复。

也许魏德朗已经躺下休息了吧？

接近凌晨四点的时候，陆简诗颓唐地放下手机，她能感觉到疲惫如潮水一样铺天盖地而来，可仍然无法入睡……

突然，她好像想起了什么，迟疑了几秒，最终伸出手打开床头柜的最后一个格子，把一个小小的白色药瓶拿了出来。

昏黄的灯光下，这个外形看上去极其普通的小瓶子，好像什么发光的宝物，让她十分好奇。

不知道过去多久，她小心翼翼地拧开瓶盖，往自己的手心里倒出了一颗白色的小药丸。

陆简诗难得地做了一个梦，她梦见了妈妈林彩萍。

陆简诗不太记得，她有多久没有梦见妈妈了。从小到大，她都是一个很少做梦的人，即便做了梦，醒来以后都会忘得一干二净。可自从妈妈车祸去世以后，她发现她开始能记得做过的梦，都是一些光怪陆离的梦,例如梦见她可以只靠一双手建起一栋大厦,例如梦见很多很多跟人一样高大的数字,她还用自己的身体去碰撞这些数字……

偶尔,她会梦见妈妈林彩萍,但次数很少,少得可怜。

这一次,她难得地在梦里面再次见到妈妈,明知道是梦,可还是止不住地哭了。

陆简诗永远也不会忘记,妈妈出事的那一天,当她赶到医院的时候,医生很遗憾地告知她,林彩萍已经停止呼吸了。

当时,她总感觉一切都是不真实的,昨天还跟她说话唠叨她的人,怎么会过了一天的时间就被宣布死亡了?

她不愿意相信这是个事实,也不愿意走过去,可护士替她掀开了那一角白布,那一刻,她真的看到自己的妈妈,面如死灰地躺在那儿……

再醒来时,陆简诗感觉自己好像去了另外一个世界。这个世界到处都是惨白的,她却能闻到一股强烈的消毒药水的气味。

"简诗!你终于醒了!"

陆简诗也不知道自己是怎么了,脑袋一片空白,什么事情也思考不了。直到她抬起一双眼睛看清眼前的人是谁以后,心脏狠狠一跳:宁之远?

"我是怎么了?"缓了好一会儿,陆简诗才有气无力地问。

要是以前,宁之远一定行动迅速地凑到陆简诗的面前,关切地询问她，可这一刻，他像是看着一个从外星球来到地球上的生物，一双乌青的眼里划过一抹失望到心碎的光，然后嘴角露出一个有点儿讽刺的笑容："简诗，你是有多喜欢魏德朗？你竟然为了他……去寻死？"

关魏德朗什么事儿？什么寻死？她什么时候寻死了？

"宁之远，我没有寻死，我只是一直睡不着，实在受不了失眠，才会吃了一颗安眠药。"

"你何必自欺欺人呢？"宁之远加重语气，痛心疾首地说，"我赶来医院的时候，医生说你把整整半瓶安眠药都吞进肚子里去了！"

半瓶……安眠药？陆简诗忽然觉得脑袋痛得快要炸开，她从病床上慢慢地坐了起来，努力搜刮吃下安眠药，然后沉沉睡去之前发生过的事情。可安眠药的副作用很大，她又刚醒过来，压根不记得出事之前吃下了多少安眠药。

让她倍感意外的是，宁之远说她已经昏睡了整整两天，要不是她租住的公寓有保洁定期上门服务，看联系不上她，害怕她出了什么事儿，然后找警察破门而入，还不知道她会这样昏睡多长时间。而且，要不是及时把她送到医院去洗胃，后果可真的不堪设想。

两天时间很快就过去了，可就在陆简诗昏睡的这两天时间里，关于魏德朗的事情又有了新的进展——

记者的小号爆料以后，魏德朗发表了一篇长微博证明那个记者的所有爆料都是假的，然而又过去了半天时间，魏德朗在美国的未婚妻一连发表了十几条微博痛斥跟魏德朗交往的几年时间里，他找了无数个理由向她要钱,然后又把这些钱给花光了。她忍无可忍,决定跟他分手,并且打算把他告上法庭,可他又声泪俱下地跪求她再给他半年时间,他会想尽一切办法把钱连本带利地还给她。

而在事情继续发酵期间,微博上又出现好几名女性发文痛斥魏德朗来到中国发展以后跟她们几人交往,交往期间也会想尽办法骗她们往他的身上投入庞大的金钱……

事情一波三折,反转再反转。

最重要的是,所有控告魏德朗的女性都有着确凿的证据,证明魏德朗不仅欺骗了她们的人、感情,还有流水一样的金钱。

就在昨天,魏德朗原本还要去电视台录制最新一期的节目,他却突然缺席节目的录制,工作人员找了他很久,给他打了无数个电话也找不到他的人。

听完宁之远说起这两天发生的事情以后,陆简诗感觉心脏疼痛得厉害。所有人都联系不上魏德朗是什么意思,他果然不是什么好人吗?把未婚妻的钱骗了,然后来到中国又继续骗人?

可是……陆简诗蒙了,魏德朗从来也没有欺骗过她不是吗?他还带她上节目,给她许多工作机会……

"你到现在还不明白吗?"宁之远仿佛一眼就看穿陆简诗在想什么,"魏德朗之所以一直以来没有对你下手,看上去对你很好的样子,是因为你在他那里有更大的利用价值。"

利用?陆简诗毫无血色的一张脸又雪白了几分。

"是的,他利用的是你的脑袋。"宁之远伸出手,轻轻指向陆简诗的脑袋,"他看中你的聪明、你的刻苦,所以他带你上节目,跟他捆绑在一起营造CP,让你们俩更有讨论性和话题度!"

"你是这么聪明的一个人,"宁之远痛苦地合上眼睛,然后又缓缓打开,"怎么从来没有想过,一个男人为什么会无缘无故地对你好呢?"

这一次,陆简诗知道宁之远对自己是完全失望透了。

魏德朗失踪了,但网络上的舆论仍然在发酵,许多人都把关注点从魏德朗那里转移到陆简诗的身上。

他们说出口的话也是各种难听,有的说陆简诗为了魏德朗吞食安眠药自杀是演戏,有的说她也跟魏德朗一样骗了很多人的钱,叫她把骗的钱都吐出来,还有的人不知怎的知道了陆海生病住院的事情,完全没有尊重陆简诗的隐私,直接在网络上公开陆海住的哪家医院,还有生的是什么病。

而这些只是开始。

不久以后,陆简诗从前跟魏德朗一起谈的所有工作都被单方面宣布合同结束了,她也不用再去电视台录制节目了,而且也得不到一分钱的违约金。

没有了工作,没有了收入,陆简诗从高档公寓搬回破旧的老房子住。她还去了一趟魏德朗当初送陆海去的医院,把陆海接了出来,让他重新回到公立医院接受治疗。

陆简诗的生活好像一下子又回到了从前。

喜欢你就点点头

可是,从前是从前,她从前没有经历过那种还不错的生活,没有住过安静舒适的房子,在她已经慢慢地适应并且喜欢上新生活以后,命运之手又十分残忍地把她刚得到的所有给夺走。

她现在好像很难再适应冷硬的木板床,总是潮湿或者发霉的老房子,还有从早到晚都十分嘈杂的住宿环境……

自从参加节目成名了以后,许多人都想尽办法接近陆简诗,可眼下,那些人又统统都选择远离她了。就连回到学校上课,老师和同学看她的眼光都是奇怪的,也没有一个人愿意跟她说话。

下课铃声一响,陆简诗永远是抱着书本第一个走出教室的人,可那一天,一向跟她不对盘的白药竟然不管不顾地追了出去,堵住她的去路。

"陆简诗,你怎么还有脸回来学校上课啊?"白药的口吻带着明显的轻佻,涂着眼影的眼睛闪着迷离的光泽。

白药的话刚说完,好几个从打扮上看是职业女性的人从白药的身后蹿出来,她们几个一下子就把陆简诗团团围住,让陆简诗茫然不已。

"你们是谁?"

"快点告诉我们,魏德朗到底逃到什么地方去了!"其中一个女人化着浓厚的妆容直接走到陆简诗面前,气势逼人地盯着她,"你该不会是把他藏起来了吧!"

陆简诗紧紧地抱着书本。

"陆简诗,她们几个都是被魏德朗骗了钱的姐姐,你既然有脸回来学校上课，肯定也有办法把魏德朗找出来的吧！"

话是白药说的，听她的口吻，她大概从一开始就从没想过要维护陆简诗，反而愿意尽心尽力地去帮助几个素未谋面、今天也是第一次见到的姐姐。

"我知道现在所有人都觉得我跟魏老师……魏德朗是一伙儿的。"陆简诗镇定地看着面前的几个人，不急不缓地说，"可我真的不知道他现在在哪儿，也无法告诉你们一个确切的地址。我也是受害者……"

"啊？"一个女人不满地发出高八度的叫声，"你也是受害者？你可是他发微博承认的正牌女朋友呀！"

陆简诗好想跟所有看热闹的人说，她真的不是魏德朗的女朋友，她只是一块挡箭牌，她真的是受害者。魏德朗现在逃跑了，可她仍然因为他做过的各种荒谬又疯狂的事情成为众矢之的，她又何尝好过？

最重要的是，她不能像魏德朗那样一走了之，她还要好好地生活下去，跟残酷又现实的生活做斗争。

"小妹妹，我们今天过来不是玩的，你要是今天不跟我们说个准信，告诉我们几个上哪儿可以找到他的人，你就别指望可以从我们面前离开！"

"我是真的不知道！"

"不知道是吗？"其中一个女人变得凶神恶煞的，一只手紧紧拽住陆简诗的肩膀，态度粗鲁地吼，"不要跟她废话了！我们直接把人给带走吧!不要影响其他人上课……"

没有人看到宁之远是什么时候出现的。

陆简诗只觉得手腕被人紧紧一握,再回头时赫然对上他坚定的一双眼,白药在他身后不断叫他不要多管闲事,可他的注意力只放在陆简诗的身上。

"不要发呆了,我们赶紧跑吧!"

这一刻,他们俩好像是电影里不知天高地厚的小孩儿,两个小孩儿能跑到哪里去?好像不论去哪里,都会被追上。

宁之远直接拉着陆简诗去了自己家。

从美国回到N城以后,宁俊生给他在距离N大不远的一个高档小区里买了两套房子。

两套房子都是一室一厅精装修的格局,陆简诗感觉这边的环境比她之前住的公寓还要好。

"陆简诗,你知道你住的地方也被曝光了吗?"到了他的家,宁之远开门见山地对陆简诗说道。

他怀疑是白药放出去的消息,但没有确凿的证据。

什么?陆简诗愕然摇头,她不知道,真的什么也不知道。

"我怕有人会上门去找你麻烦。你要不搬到我这边来住,然后把租房的钥匙给我,我待会儿想个办法去你那儿把东西搬过来……放心,你住另外一套房子。这个是房子的钥匙。"说罢,宁之远递给她一串钥匙。

很多事情都在始料不及的状态下发生了,陆简诗来不及思考,更没有办法拒绝宁之远的好意。

"宁之远，你为什么还愿意帮我？"陆简诗实在没有想明白，宁之远为什么还会愿意帮助自己？她以为，她的所作所为足够让他失望透顶。

她觉得自己没有资格住进他的房子里。

宁之远静静地看着陆简诗。

经过这件事儿，宁之远确实对陆简诗感到很失望。她可以不喜欢他，可以不接受他的道歉，但是她为什么又要答应扮演魏德朗的"女朋友"，现在魏德朗出事儿，跑路了，她成为所有人攻击的对象。

许多人都觉得她和魏德朗是一伙儿的，这个风波以后，她应该很难再有机会澄清了。

宁之远更想不到的是，陆简诗竟然会这么相信魏德朗，她认识魏德朗才多久啊？而他们俩却是在七岁那年认识的，他之前明明告诫过她让她小心一点儿魏德朗，她却没有听进去。

是啊，像她刚刚问的，最近发生了这么多事儿，他为什么还愿意帮助她？

宁之远皱着眉看着她，难不成要他回答，他是吃饱了撑的没事干？但他又实在生气她的选择，第一次冲她板起一张脸："你不要多想，就当是看在林阿姨的面子上吧。"

陆简诗，我与你的关系，为什么会变成现在这个样子？宁之远想不明白。

「第八章」
离心力

白天。

跟往常一样毫无波澜的白天,但也是一个反复失眠到天亮的白天。

陆简诗睁着一双通红的眼,目光呆滞地看着重新变得雪亮的天花板,看了很久很久,没有听到宁之远在门外按响门铃的声音。

过了好一会儿,陆简诗慢吞吞地拿起手机,才看到宁之远十分钟之前发过来的微信:"刚想问你今天要不要去学校,我先去学校了,下午还有点事情……今晚有空的话一起吃个饭吧,顺便把我的笔记给你,里面整理了各个科目的内容。"

陆简诗反反复复地把这段很简单的话看了三五遍,后知后觉地想起来,她的大二生涯在变得越来越炎热的气温中慢慢溜走了。考完期末考试,再过完两个月的暑假,休完假期回来以后,她就是个大三的学生了。

距离魏德朗的事件过去快一个月了,陆简诗不再使用各种社交软件,连微信也是几天才登录一次,她甚至很少再去学校了。以前不怎么去学校,是因为录制节目或者其他的工作;现在不去,纯粹是不想看到白药那帮人,也不想听到他们明里暗里地议论自己的事情。

陆海仍然住在公立医院,之前参加节目剩的一点钱,全部被陆简诗垫付进去了,她依然没能凑够巨额的手术费用,但最起码还能支撑一段时间。

这天早上,陆简诗哪里也没有去,打算在房子里好好复习一下功课,可她很快发现,曾经无比熟悉的字符,此刻都变成模糊的一团,不论怎么努力,都没有办法把它们记到脑子里去。

也许,是因为没有在图书馆看书吧!陆简诗又找了个新的理由安慰自己,所以简单吃了个午饭,选了下午的时候去学校的图书馆。

陆简诗刚来到图书馆,就看到班级群里有同学说让人闻风丧胆的张教授准备点名了,让那些还没来得及去教室的同学赶紧过去。

张教授?陆简诗蒙了,今天不是一整天都没有课吗?怎么下午的时候又有课了?

陆简诗也是后来才知道,她错把周三记成周二,他们班周三的课是最多的,可她几乎一天都没有上课。

陆简诗抱着书本气喘吁吁地往第一教学楼的阶梯教室赶去。

然而,当她赶到教室以后,才发现她是最晚一个到的。让她意外的是,平时总是坐在最后一排的白药,不知怎的今天这节课坐在

喜欢你就点点头

第二排,而且靠近门口。看到陆简诗姗姗来迟,白药幸灾乐祸地说:"张教授,陆简诗同学迟到了!"

原来,张教授早在五分钟以前已经点完名了,而教授在点名之前也亲口说过,点完名以后才来的人,不论是谁,都要罚站在门口听他的课。

张教授下午的课一共两节,而他又是出了名的爱留堂,喜欢惩罚不听教的学生,所以才会让那么多学生闻风丧胆。

张教授不知道陆简诗是谁,他只是翻阅了一下他们班的考勤表,发现陆简诗是旷课次数最多的那个人。他平时喜欢让迟到的人受到责罚,但往往放过直接没有来上课的同学,所以——

白药看到陆简诗一上午没来上课,怀疑她是记错了上课的时间,于是下午在上张教授的课的时候,特意让班长在班级群里发了这么一条消息。她不想错过任何一个整到陆简诗的机会。

更何况,这个张教授可不会怜香惜玉,不管男生女生,只要是犯了错,碰到他的底线,他一样可以把人骂得痛哭流涕。

"你怎么回事?"张教授当着几十人的面看着陆简诗,"平时总不来上课,偶尔来上课还迟到了?你还想不想毕业了?"

陆简诗紧紧咬着下嘴唇,发不出半点声音。

"给我站着上课!还有,期末考试我这一科,你要是拿不到95分以上,就当是挂科!"

张教授的话一说完,白药带头发出起哄的声音,不一会儿,整个班级都响起海浪般此起彼伏的起哄声。陆简诗只觉得身体和心里都特别难受。

她就这样站了整整一堂课,接下来还有一堂课。

第一堂课快要下课的时候,张教授特意出了一道特别难的题目给所有同学,还说了如果班上没有同学能做出来,课间十分钟的休息时间取消。

白药看着站了一堂课的陆简诗,再次玩心大起,举起右手:"教授,我推荐陆简诗同学上去做题目。她要是做对了这道题目,您就不要让她再站一堂课了。"

张教授听了白药的话,转过头看着站在门口的陆简诗:"陆简诗同学,你就上来做这道题目吧!"

突然被叫上去做题目,陆简诗活动了一下站麻的双腿,一步一步地走上讲台。张教授布置的题目虽然偏难,但她很快想起来,她之前刚复习过类似的题目,按照平时的记忆能力,解题步骤也应该记得清清楚楚。

然而,她拿起粉笔刚写了一个"解"字以后就顿住了,本来很清晰的思路突然变得空白,整个人好像被什么东西狠狠击中一样,什么都想不起来了。

发生什么事情了?

"陆简诗,你是班上最聪明的同学,你赶快把题目解出来吧!不要耽误我们下课了!"

各种各样的声音如烦人的小虫子般钻入耳膜,陆简诗感觉自己越来越焦躁,她明明做过类似的题目,也应该记得做题的步骤……

可是这一刻,她像是个傻子,做过的题目不会做,还因为自己的问题,让全班同学不能按时下课。

接下来的那堂课,因为没有做出那一道题目,陆简诗仍然被罚站在门口上课,而台下很多同学怨声载道,埋怨陆简诗没有把题目做出来,连累他们不能休息……

是从什么时候开始,她陆简诗在许多人眼中,成了害人精一样的存在?

晚上,宁之远下课回来以后,第一时间就去借给陆简诗住的房子找她。可是他在门口摁了很久的门铃,也没有听到里面的动静。

打算打电话给陆简诗的时候,宁之远忽然听到电梯门打开的声音,陆简诗从电梯间慢慢地走了出来。

"你今天去学校上课了?"

"嗯。"陆简诗似乎不愿意多说,拿出钥匙开了房门,往屋里走了好几步才想起来宁之远还在外面,"你要进来坐一会儿吗?"

她希望他摇头,因为她现在谁也不想见,也不想跟别人交流。

"我带了一些笔记给你。"宁之远一边说着,一边拿出好几个笔记本,"里面也有一些我自己总结出来的方式方法,你拿去仔细研究一下,如果遇到不懂的地方……不,你怎么会看不懂呢?我都复习好了,你慢慢复习不用着急还给我。"

话说完,宁之远迟迟没有下一步的动作,似乎期待陆简诗会对他说点什么。

"宁之远。"陆简诗悠悠地叫了一声他的名字,"我想问你一件事儿……我上一次吃下安眠药,然后被送去医院洗胃,你有没有看到我那剩下的半瓶安眠药?"

"陆简诗?"宁之远心里一紧,他感觉最近的陆简诗越来越不对劲,可具体怎么不对劲,他又一时半会儿说不上来,"你没事吧?无缘无故怎么问安眠药的事情?"

"你只要告诉我看没看到就好了。"陆简诗微微张着嘴,她好想告诉宁之远,她已经失眠了将近一个月的时间,也慢慢变得害怕夜晚的到来。

她能感觉自己的身体似乎是出现了问题,可她一直没有勇气去看医生,她平时要上课要打工,偶尔还要抽空去医院看一下陆海,她觉得自己连生病的资本也没有。

"抱歉,我没看到过。"然而,宁之远说谎了。他当时赶到医院以后,医生看他是陆简诗的朋友,把从她衣服口袋里找到的、剩下的半瓶安眠药交到他的手上,叮嘱他不要让她再碰这个药瓶。

之后,宁之远就把安眠药偷偷丢掉了。他当时已经有了怀疑,怀疑陆简诗为什么会吃安眠药,现在看到她主动提起安眠药,他心里更是觉得不安……

"哦,没有就算了。"陆简诗苦笑了一下,"谢谢你借我笔记,我抄写完会立刻还给你的。"

陆简诗似乎不愿意跟宁之远多说。

"简诗!"突然,宁之远十分大声地喊出她的名字,"你最近有没有觉得身体哪里不舒服……或者是你最近遇到什么问题,你不妨告诉我。我记得以前我跟你说过的,你有任何问题都可以找我帮忙。"

陆简诗最近的记忆力变得很差,差了许多,但她并没有忘记宁之远当时确实跟她说过这样的话。

直到现在,她再次听到他把那句话又重复了一遍,仍然觉得心里暖暖的。

可是,她已经够麻烦他了,她住进他的房子里,怎么还敢要求他帮其他的忙呢?

"放心,我没什么事。"

又过去一周的时间。

陆简诗几乎跑遍了半个N城的药房,她只是想要买到一瓶安眠药而已,可所有药房的导购员都告诉她,除非能出示医生开具的处方才能卖给她安眠药,否则是不可以的,是违法的。

而之前陆简诗的那一瓶安眠药,其实是林彩萍留下来的。

没办法,陆简诗感觉自己再不能好好地睡上一觉,她整个人一定会疯掉的。只有真正失眠过许多天的人才能理解她现在有多痛苦吧?于是,她还是自己一个人去了趟医院。

挂号的时候,她犹豫了好久才选择挂内科,可好不容易轮到她去看病,医生听说她是睡不着觉所以来看病,直接让她重新挂一个精神科。

"精神科……"

"放心，你先去看看到底是什么原因引起你的失眠。失眠其实是精神类疾病中最常见的类型之一，精神科那边的医生可以用专业的方法给你检验出……"

陆简诗没有把医生的话听完，她像一抹游魂从内科的诊断室飘走，明明想要离开医院，还是折了回去，重新挂了精神科。

走去精神科的路上，每一步都十分沉重，她仿佛在刀尖上行走，一不小心就会伤痕累累。

"进来吧。"

陆简诗礼貌地点点头，坐在精神科医生的对面。

"是觉得哪里不舒服吗？"

陆简诗朝医生说出自己最近这段时间里觉得不太舒服的所有事情，一开始是有点儿拘谨与紧张，但始终是有条有理的，然而过了一会儿，她的语速不自觉地加快，说出来的话颠三倒四的，但医生始终一脸平静地看着她，也没有要打断她的意思。

说完以后，陆简诗忽然觉得口干舌燥。医生看出来她的难受，特意站起来给她倒了一杯温水，让她把水都喝了。

"谢谢医生。"一口气把最近的烦恼与不安都说出来以后，陆简诗的心情莫名放松了一些。

喝完水，医生不知从哪里拿出一张问卷一样的东西，叫陆简诗根据自己的感觉去做题目。

"医生，为什么要做题？我是哪里出问题了吗？"陆简诗愕然地看着白纸上的题目,总共一百道题目,所有题目都是选择题。比起考试要做的题目,这样的问卷可以说是很简单了,但她的心情还是莫名地又紧张了起来。

"类似于一个调查问卷而已,你做做看,做完以后我才能更好地判断你的病情。"

陆简诗深吸一口气,然后把笔紧握着,开始答题。

晚上,陆简诗在医院附近吃了点东西,其实肚子一点儿也不饿,但她知道要是晚上不吃,今晚再一次失眠会更难熬。

当失眠成为一件最平常不过的事情时,饱受失眠折磨的人,内心的坚强会逐渐被瓦解,被粉碎。

陆简诗在吃面的时候眼泪开始止不住地往下掉,她不知道自己怎么会哭,更不知道为什么要在公开场合哭。

医生说,她生病了……

已经离开医院好几个小时了,可陆简诗仍然不敢相信,自己得了中度抑郁症。

陆简诗听说过抑郁症,也知道很多人得过抑郁症,甚至一些明星名人,也是因为这个病去世的。抑郁症,是一种很可怕的病。

但是,她为什么也会得这个病?

回到宁之远的家已经很晚,陆简诗也不太想上去,一直在公寓楼下附近徘徊。路灯把她的身影拉得很长,她来来回回地看着自己倒映在地上的影子,想用鞋子把它踩碎,可谁都知道,影子是踩不碎的。

她怎么感觉自己变得越来越差劲了呢?

"陆简诗,你在做什么呢?"

宁之远没有告诉她自己在公寓楼下等了多长时间,他等她也不是一次两次的事情,知道她还没有回家,所以特意下楼来等。他担心她,觉得她最近的状态不太对劲。也许,他是目前接触她最多的一个人了,如果连他也不搭理她,那么她要怎么办?虽然明知道她的性格就是这样,固执得不可思议,也不会接受任何人的帮助。

"没什么,我在看自己的影子。"

"影子有什么好看的?"宁之远意外。

"可能,是不想这么早回家吧。"陆简诗悠悠地叹了一口气。

回家……陆简诗和宁之远都一愣。

陆简诗吃惊自己会说出"回家"二字,那是宁之远的家,她只是过来暂住一段时间而已。

至于宁之远,他心中激起了一阵巨大的颤动,仿佛陆简诗说的"回家",回的是他们俩共有的家。

他以为,他已经很努力地放下陆简诗,可到头来,只要是关乎她的事情,哪怕是最细微的小事,他都会无比认真地放在心上。

"不想回去的话,我可以带你出去走走。"下一秒,宁之远的眼神无比温柔,语气柔和地对陆简诗说道。

"你晚上吃饭了吗?"过了一会儿,陆简诗没头没脑地问。

"吃了。你没吃?"两个人像是认识多年的好朋友,在闲话家

喜欢你就点点头

常一般。宁之远总感觉今晚的陆简诗有点儿不太一样。

今晚的陆简诗,不再像一只刺猬,变得很温柔。

"吃了,但好像还有点饿。"

"走吧,我们一起去吃点儿东西。"

宁之远带陆简诗去吃路边的排档,而且是陆简诗还没参加节目之前做兼职的那家。

本以为回到一个久违的熟悉的地方,心情可能会有所缓和,可陆简诗看到眼前有那么多人,脸上的不自在却越来越明显。刚刚的可爱与温柔,好像从来没有存在过一样。

"你怎么知道这家排档?"

"听说这家的味道很不错,所以想带你来试试。"

听了宁之远的回答,陆简诗心想,他应该不知道自己在这里打过工吧?

排档的老板忙得分身乏术,但还是很快就过来招呼陆简诗他们这一桌。当看到她的时候,老板眉开眼笑:"小陆,好久不见了!听说你上了电视,真厉害啊!"

排档老板从前对陆简诗挺照顾的,他听别人说了陆简诗的事情,但不知道太多具体的情况,纯粹夸奖一下,陆简诗却觉得旁边的人都回头看她。那种被陌生人注视的感觉让她觉得很不舒服,她很想当场就起来转身走掉。

可看了看对面一脸沉思的宁之远,他正用充满考究的目光看着自己,陆简诗勉强苦笑了一下,并没有任何动作。

"宁之远，你来点吃的吧。"

"好啊。"

后来，宁之远回想起这一晚，他早就察觉陆简诗不对劲的，可他察觉到了却没有做出什么行动，也没能够去阻止后面发生的一切。

跟陆简诗吃过烧烤的第二天，宁之远跟往常一样先在微信上问她要不要一起去学校上课的时候，毫无意外地没有得到她的任何回复。

他一直等到下午，感觉越来越奇怪，于是拿出备用钥匙打开另外一套房子……公寓被收拾得焕然一新，也空空如也，仿佛从来没有住过人一样。

陆简诗不告而别了。

离开宁之远那套公寓以后，陆简诗迅速回了一趟N大，找教务处申请休学一年。

陆简诗是经过深思熟虑才做出这样的决定，她仍然很喜欢学校，也想要继续好好念书，可也知道自己现在这个状态没有办法待在学校。

当校长问她因为什么缘由选择休学时，她把藏得很好的抑郁症诊断书拿出来。

校长仔仔细细地看了几遍，然后无比哀伤地叹了一口气："你们这些孩子啊，心理素质确实不怎么好……"

办完休学的手续以后，陆简诗便去城中村寻找新的住处。她办

喜欢你就点点头

事的效率很高，下午的时候就找到了房子，晚上还在住处附近的一家沙县小吃找到了工作，当天晚上就在那儿帮忙干活。

虽然环境是嘈杂热闹的，遇到的几乎都是在工厂或者工地打工的外来人员，但就是这样的人让陆简诗感觉可靠一些。起码，他们没有时间或者闲情看什么综艺节目，更不会知道在这样一家不怎么起眼的沙县小吃打工的年轻女孩儿上过电视，甚至曾经有过很多爱慕她的粉丝。

这些都过去了，现在的陆简诗没有要求太多，她只是想找个没人认识自己的地方静静地生活一段时间，不仅要赚钱给陆海治病，也要赚钱给自己治病，调整好自己的心情。

也许，她只有自己了，但就算只有自己，力量很微弱，也要努力打败抑郁症这个恶魔。

那段时间，宁之远满世界找陆简诗。

发现陆简诗不见了，宁之远先回了一趟N大，他原以为陆简诗只是不想住在他那里，可后来才听说陆简诗办了休学手续，至于去了哪里，根本没有人知道。

之后，宁之远去了一趟医院，陆海仍然住在公立医院里，对陆简诗的情况也是一问三不知，他半张着嘴巴，几经艰难才发出含混不清又难以辨认的音节。宁之远听了很久才听出来，陆海是在拜托他找到陆简诗。

宁之远心里一沉，他不知道陆简诗去哪里了，也不知道她要躲避到什么时候才会再次出现。

这一刻,他无比痛恨自己,他明明就住在陆简诗的对面,每一天都可以看到她,怎么就没想过她又要从自己的眼皮底下逃跑呢?

从医院回到学校,宁之远第一次主动打电话给白药。

接完宁之远的电话,白药换上自认为最漂亮的衣服从女生寝室楼跑出来,一张脸红彤彤的,眼睛也亮晶晶的。

可宁之远的脸上写满焦虑,他急忙开口:"白药,你知不知道陆简诗去哪里了?"

"你……"白药脸上的笑容顿时凝固了,不久换上嘲弄的笑容,"你火急火燎地给我打电话,就是为了陆简诗?"

"嗯。"宁之远重重点头。

"我……"白药差点儿脱口而出一句"我怎么可能知道",可一个念头快速地闪过她的脑海,她忽然改变口吻,狡黠地说,"我不知道她现在在哪里,但我知道好几个她打工的地址,你要吗?"

白药他们自然也听说了陆简诗突然休学的事情,同学们都很八卦,可谁都不知道她为什么办理了休学。

"嗯。"宁之远的眼睛亮起一簇光。

"但我有个条件,你得陪我去旅行,就我们俩!旅行完,我就会把她曾经打工的地址都告诉你。"白药以为陆简诗离开了,她就有机会靠近宁之远。

"白药!"宁之远的脸色变得很难看,他一字一顿地说,"你死心吧。"

白药整个人都愣了……宁之远竟然这么喜欢陆简诗?他为什么

偏偏对她用情至深?

从女生寝室楼离开以后,宁之远又找了一些同学,问他们知不知道陆简诗的下落。

答案当然是不知道。

"阿远!"

听到有人在背后叫自己,宁之远连忙回头,竟看到憔悴了不少的陈约翰。

"我知道陆简诗以前在一个玩具店工作过,我把地址告诉你吧。"说完这句,陈约翰吞吞吐吐地问,"你刚刚找过白药了?她现在怎么样?"

宁之远愣了,白药这么对待陈约翰,陈约翰却一直对她念念不忘,看来也是因为她才会弄得这般憔悴。

"约翰,我只能劝你早点儿忘了她,好好开始新的生活。"说完这句话,宁之远就离开了。

宁之远赶去那家百货商场的玩具店找到老板,问他知不知道陆简诗的下落?老板面有难色,说他因为自己女朋友不喜欢陆简诗的关系,之前就把她辞退了。

突然,宁之远的眼角瞥到放在玩具店里的巨大玩具熊套装,莫名觉得眼熟,便问:"老板,这个熊熊套装是你们店的?"

"对啊,之前都是小陆戴着它到商场中庭派发我们店的传单。"

听完老板的话,宁之远忽然想起,他曾经被白药约到这个百货商场来,也见过一个巨大的"玩具熊"在附近派发传单。

那时候,陆简诗在里面吗?他无法想象她一个女孩儿穿着这样的衣服派一整天传单是什么心情,更没办法想象当她看到自己跟白药在一起时心里是什么想法。

难怪,她那段时间怪怪的,还以为他跟白药有什么暧昧的关系!陆简诗,你到底去了哪里?

三个星期以后,宁之远有了陆简诗的消息。有人说陆简诗在步行街的小吃街打工,每天穿着丑丑的工作服、戴着大大的口罩卖小吃。

这几个星期,陆简诗努力让自己过得无比充实,白天做几份工作,夜晚回到住处会看一些让人心情放松的书籍或者节目,然后乖乖吃药早早休息……当然,失眠的状况没有丝毫好转,但她已经不再勉强,欲速则不达,治病也是需要时间的。

也是前几天,陆简诗犹豫再犹豫还是决定把陆海从医院接了出来,让他跟自己一起住在出租屋里,因为她已经没有多余的钱支付高额的住院费了。

那天是下午,陆简诗四点多下了班,头发和脸庞都是油,头发随便扎了两下,口罩也没有摘,跟其他人一样混进茫茫人潮,神色麻木地往前走着。

这时,宁之远来到步行街。他直接往小吃街的方向快步走去,他的速度很快,惹来所有路人的注目。可他已经管不了那么多,只

喜欢你就点点头

想早点儿见到陆简诗。

人海中,宁之远一眼便认出她。

"陆简诗!"

宁之远手长脚长的,拼了命地往前跑。他数不清自己到底越过了多少个人,直到手臂长伸,把不停往前跑着的陆简诗的肩膀抓住时,他的心中弥漫着各种各样的情绪,脸上的神色也是复杂的。

他找了陆简诗这么久,终于……终于让他在人来人往的步行街上碰到她。

陆简诗半晌没有说话。

她紧紧咬着嘴唇,以为自己"消失"的这段时间里面,不会被人想起,也没有人会在意,可偏偏这个世界上有这么一个人,他永远深情,他的目光永远会为她停留。

"宁之远……"

"你知不知道我找了你多长时间?"宁之远一双眼睛底下是明显的乌青色,他瘦了,憔悴了,只有看着陆简诗的时候,那双疲惫不堪的眼睛才会重新焕发光亮,"你为什么突然不告而别?为什么休学了?你到底还发生了什么事?"

"宁之远,你放开。"

好几次,陆简诗想要开口对他说出自己得了抑郁症的事情,但又不敢开口。她本来就觉得他对自己的好,从来都是怜悯与同情,更怕把这件事说出口了,他更同情自己。

她很倔强,也很卑微,但最不想要的情感,偏偏是同情与怜悯。

"我没发生什么事情,我只是觉得需要休息一段时间,所以……"

"你撒谎。"宁之远定定地看着陆简诗的眼,"你从小到大最喜欢的地方就是学校,我承认可能 N 大里面有很多人都不太认可你,可我认识的陆简诗,不会那么轻易地被打败。你一定是出了什么事情,万不得已才会选择休学回家,对不对?"

在这个世界上,最了解陆简诗的那个人,并不是她本人,也许,是宁之远。

"你现在住在什么地方,带我去吧。"

"你……"

"你应该很了解我,你觉得我这次还会那么傻地放开你的手吗?"

闻言,陆简诗才发现宁之远一直抓着她的右手,他的手传来温暖的热度,很容易就"烫"伤了她。他没有开玩笑,抓她手臂的力度一直在加强,生怕一放松她又会消失不见。

陆简诗认输了。

晚上,宁之远跟着陆简诗回到她现在租住的地方,比她以前自己租住的地方还要差。

陆简诗住在二楼,楼里没有任何门禁,任何人都能自由出入,楼道里的灯泡时好时坏,一闪一闪的。宁之远跟在陆简诗的身后来到她现在租住的房子,心中有一股酸涩弥漫。

陆简诗拿出钥匙开门,门一打开,一股陈腐的霉味扑面而来。

目测只有三十几平方米的小单间,进门后左边是卫生间,右边是厨房,中央摆着一张大床,旁边还有一张折叠的单人床。

宁之远看到大床上躺着面色难看的陆海,而陆简诗每天就睡在那张折叠床上。

不过是几个月以前,陆简诗还住在魏德朗帮她租住的高档公寓里面,陆海也被送去郊区的一家私人医院,然而几个月以后一切已经物是人非。

"你是因为没有钱交住院费才把陆叔叔接回家里了?所以你才要休学来照顾……"话还没说完,宁之远便看到床旁边的一张桌子上,有几瓶散落的药。他拿起来看了看瓶身,当看到关键字眼时,整个人都愣住了,"简诗,这些是你吃的药吗?"

事已至此,还有什么好隐瞒的?

"嗯,我得了抑郁症。"陆简诗很想告诉宁之远,她已经很久很久没有睡过一天好觉了,不敢再去人多的公众场合,怕莫名其妙就会掉眼泪,把别人吓到,每天照顾陆海,自己也每天按时吃药,过着有一顿没一顿的生活,想告诉他她很难,很辛苦。可是她没有。

"陆简诗!"宁之远忽然无比愤怒地吼了一声,认识陆简诗这么多年,他从没在她面前情绪失控过,"你为什么什么都不告诉我?你为什么要把所有的不幸都揽到自己的身上?你以为自己是超人吗?你……"他没有办法把话说下去。

那个晚上,宁之远用行动告诉陆简诗,他会一直帮她。

宁之远直接把陆海从那张简陋的大床上抱了起来。

"宁之远,你要带我爸去哪里?"看到他这样,陆简诗蒙了。

"带他回医院。"宁之远一脸坚定地说。

"但是……"

"不要怕麻烦我,只要是你的事情,我永远不会觉得麻烦。"他看着她的眼,语气温柔地说。

陆简诗鼻子一酸,喉咙像是被什么东西堵住一般,她原本可以说出更多拒绝他的帮忙的话,偏偏一个字都说不出。

把陆海送回医院以后,宁之远跟陆简诗一起重新给陆海办理了住院手续。

但这一次,宁之远让陆海住到四人病房去。他还以为陆简诗会责怪他擅做主张,他注意到她脸上的动容与感触,他还觉得,她这段日子以来一定累坏了,变得隐忍了许多。

他的心更疼了,为她感觉到疼。

"不要住你自己找的那个地方了,还是回我的另一套房子住吧。"

"我欠你好多了。"

"你……我愿意被你欠着。"

陆简诗狠狠一震。

这一刻,她的内心柔软得不可思议,在重遇宁之远以前,她一个人故作坚强,不论是打工还是回到出租屋照顾陆海。

她也知道陆海每一晚都会被疼痛折磨得不能入眠,又害怕打扰她休息,强忍着一声不吭……她也无法入眠,父女俩每一晚都是痛苦万分地熬到天亮。

喜欢你就点点头

她也想要寻求帮助,可是她能寻求谁的帮助呢?

从前,魏德朗也帮过她,她也曾感动过他的帮助,但后来发现,世界上真的没有人会无缘无故地对一个非亲非故的人好。

只有宁之远的帮助,不带任何目的。

"跟我回去住吧,还是跟以前那样,除非你找我,我不会去打扰你的。"

陆简诗发现自己这次再也拒绝不了宁之远,冲他轻轻点头。

深夜,陆简诗再次回到宁之远的房子,他们俩一起合力整理了一下,等到都忙完,陆简诗看到宁之远若有所思地看着自己。

"我给你煮点吃的。"突然,宁之远站起来说。他是怕陆简诗让他回去休息,他还想多跟她相处一下,才找了个借口。

这段时间以来,他每天都在找她、想她,也做好可能再也见不到她的准备。现在重新找到她,他几乎一刻也不想离开她的身边,再也不想离开。

"不用麻烦……咕……"然而,陆简诗的话还没说完,她的肚子就先妥协了。

空气沉默了几秒。

"哈哈哈!"宁之远忍不住爆发出笑声,"你在这里等我一下,我马上去做吃的。"

陆简诗看到宁之远笑着跑进厨房的背影,想象着他为自己亲自下厨,心底竟然生出一种"岁月静好"的感慨。

她不知道,自己在重遇他以后脸上再看不见悲伤的神色。

等待的过程并没有很久，陆简诗却累得睡着了。不知过了多久，食物的香味把她弄醒。

陆简诗睁开眼看到宁之远的俊脸在眼前放大好几倍。他已经做好吃的，出来时却看到她累得睡过去，并不愿意叫醒她，就这么默默地守着。

喜欢一个人的时候，就算只是看她睡觉也觉得无比幸福。

"简诗，你瘦了好多。"也许是太心疼陆简诗了，宁之远情不自禁地伸出手，轻轻抱了抱她的肩。

第一次跟男孩子有亲密接触，陆简诗浑身像触电一般，一动不动的，整个人都僵了。

她的心跳以一种不可思议的速度不断加速、加速，快得要从体内冲撞出来一般。

宁之远也紧张得不行，手指微微颤抖，但勇敢地没有放开她。

多少年了，宁之远无数次梦想过可以抱着陆简诗的场景，但他一次又一次地退缩，没有真正行动过，没有想过，这一天真的来临时，他会这么心疼。

如果是以前，陆简诗肯定想也不想地把他给推开，但这一刻，她太累了。这段时间以来遭受的压力、非议以及各种各样的问题，让她完全招架不住，还让她得了这种不知道能不能彻底治好的病。

她也不敢跟宁之远说，她每一天都会哭泣，每一晚都睡不着觉，也吃不下饭，久而久之便暴瘦了二十斤，他这么抱着自己，会有点硌人吧。

喜欢你就点点头

"宁之远,谢谢你。"

陆简诗知道一句谢谢实在太单薄了,也不够表达她心中所有的感激之情,可她也没有力气再说出其他话了。

"陆简诗……我喜欢你。"

闻言,陆简诗身体一震,有一种坠落在云端的错觉。

"你说什么?"

"我说我喜欢你,"宁之远的心中像是被一千只柠檬填满,又酸又胀,"我从小就喜欢你了,可是一直没有勇气告诉你。我喜欢你的聪明,喜欢你的清冷,更喜欢你懂得我,没有任何的同情或者怜悯。现在,你生病了,我更不应该离开你,我想要陪着你把病魔战胜,也陪着你一起照顾陆叔叔,可以吗?"

可以吗?陆简诗也一遍遍地问自己。

很久以前,她曾经预感到宁之远是对自己有好感的,但他从没挑明,她也没有问。她以为自己喜欢他的时机不对,也以为喜欢他的时候,他并不喜欢自己……

原来兜兜转转,他们从小到大都是彼此喜欢的。只是,一个没有勇气,一个过于自卑,便把这样一份单薄又纯粹的爱恋一点一点地磨没了。

现在,一切还来得及吗?

几天以后,宁之远带陆简诗去公寓附近的健身房办了一张健身卡。

"为什么要给我办健身卡?"陆简诗不明所以地问。

"待会儿你就知道啦。"

宁之远了解陆简诗,知道她从前只顾着读书,偶尔运动一下也只是在租住的房子附近跑几圈,没有试过系统地锻炼。

陆简诗上了跑步机,宁之远给她调好所有的基础数据,跑步机开始运作,她便跟着跑了起来。

宁之远看到她今天的状态不错,也上了另外一台跑步机。他调的数据更大,跑的速度更快,不一会儿就气喘吁吁的,身上的衣服都被汗水打湿了。

从前,陆简诗觉得除了念书、思考,一个人做很多很多的事情都很枯燥无味。

但这一次不一样,宁之远一直陪在自己的身边,他陪着自己一起跑步,那样的感觉也是前所未有的。

陆简诗跑着跑着,眼泪开始不受控制地往下掉。也是直到这个时候,她才明白宁之远的用心良苦。

平时,宁之远一有空就会带陆简诗去医院复诊。精神科的医生很诧异陆简诗不是自己一个人来的,他也许能猜到他们俩之间的关系,但又什么都没有问,继续给她复诊和开药。

长时间的服用药物,对陆简诗的身体危害很大,她有时候不想吃药,觉得那一颗颗的白色药丸是毒药,但是又不能不吃。她想要好起来,想快点儿好起来,她真的好想回学校继续念书,也好想回到一个健康正常的状态。只有重新变得健康,她才有信心可以站在宁之远的身边,跟他谈恋爱,和他一起看更多更美好的风景。

喜欢你就点点头

没有治好抑郁症以前,她暂时还不想拖累任何人。就算这个人是宁之远。而宁之远总是鼓励她,给她加油:"简诗,相信我,你的病一定会好起来的。"

简诗,你以前是孤军一人作战,但现在有了我的陪伴,我相信我可以陪你渡过一切难关。

那段时间,宁之远其实有很多事情要忙,他每次回学校都在忙活自己的事情——他正筹备在学校里组建一支记忆大脑团队,这件事他并没有让陆简诗知道,怕影响她的心情。在学校的时候,白药偶尔会过来找他。

"阿远,你知道陆简诗休学以后去哪里了吗?"

听到白药故意提起陆简诗,宁之远的眉头一皱,不太耐烦地回答:"我不知道,她去哪里跟你又有什么关系?"

"我们是好朋友……"白药撒谎都不打草稿的。

"好朋友?"宁之远不屑地笑了笑,看也没有看她一眼,"她应该不想有你这种好朋友。"

"宁之远!"在同一个男生身上一次又一次地碰壁,被他一次又一次地拒绝,白药都快要看不起自己了。可是她还是不舍得,她觉得自己是真心喜欢上这个高高在上、却一心一意的男生,"陆简诗到底有什么好?她身上有什么值得你这么护着她?"

宁之远本来已经转过头,但听到白药这么质问,还是顿下了脚步,声音不像平时那么冰冷:"她可能在别人眼中什么都不好,可在我眼中,她什么都好,什么都值得。"

话一说完，不等白药做出任何回应，宁之远便头也不回地走了。

一年的时间过得很快。

不知道从什么时候开始，陆简诗慢慢习惯了宁之远的陪伴。宁之远每天都会给她一套卷子，然后跟她一起在规定的时间里解题，又把两人的试卷一起批改，然后给她分析错在哪儿，下次要注意的地方。

他们每天都会去游泳、跑步。一起做运动的时候，陆简诗能真实地感觉到生命在燃烧着，她并不是不能重新开始的，她也可以做到很多同龄人都能做到的事情。

闲暇之余，宁之远还会带陆简诗去周边的城市游玩几天。宁之远总是把陆简诗保护得好好的，这么久以来，从没有让别人知道陆简诗去了什么地方，现在在做什么，也没有人知道她得了抑郁症。

偶尔，宁之远还会陪陆简诗去医院看望陆海。陆海的情况仍然时好时坏，而陆简诗对他的憎恨也随着时间的流逝慢慢减少，相反，她开始会觉得心疼了，心疼陆海的遭遇，心疼他的痛苦。

更让人欣喜的是，陆简诗的睡眠情况好了很多，她已经不再整夜整夜地失眠，也不会经常莫名其妙地掉眼泪，吓坏其他人。

下半年的时候，宁之远开始有点儿忙了，飞了两次纽约，找莫林教授谈过他想要通过自己的力量组建一支记忆团队，他想要带领自己的团队去参加比赛，然后一步一步地发展起来，走向国际。

然而，莫林教授摇摇头："孩子，你有这个想法是好的，可是不能太着急。"

"教授，我不太明白您的意思。"宁之远愕然，"我准备了这么久，我觉得这是可以做到的。"

"我建议你先把自己的人气积攒起来，再做组建团队的打算。"

不久，从纽约回国以后，宁之远变得忙碌无比，他先找来平时玩得好、成绩也不错的同学，问他们有没有意愿跟自己组建团队。可他的同学几乎都拒绝他了，或者是让他另外找人去，他们都没有太大的兴趣。

宁之远有时候还会把自己关在书房待到天亮，连陆简诗发给他的信息也不能及时回复。

宁之远很早就把自己住的那套公寓的钥匙给陆简诗，她便拿着钥匙进了他家的门，赫然看到他趴在电脑桌上，笔记本电脑散发着荧荧的光。

她低下头，看到他跟一个叫作莫林教授来往的邮件。

"记忆团队？"陆简诗轻轻地念叨了一句，竟把宁之远弄醒了，"阿远，你最近变得这么忙，是因为记忆团队的事情吗？"

宁之远本来早就想跟陆简诗说自己的这个想法，但在没有得到莫林教授的肯定之前，他不敢贸然告诉她。眼下，陆简诗看到了，他便把真实的情况告诉她。

"是的，简诗，我想组建自己的记忆大师团队，但我的老师说我太心急了，你觉得呢？"说罢，宁之远流露出几分沮丧。

陆简诗很意外，因为她从来没有听宁之远说过这个想法，突然听到他这么说，一些关于从前参加比赛的画面，悉数浮现出来。

"我觉得，教授的话也有道理。"陆简诗仔细给宁之远分析道，"阿远，你有没有想过再参加什么节目，把人气涨起来，然后你再做自己想做的事情，就会事半功倍了。"

不知怎的，陆简诗突然想到魏德朗。

魏德朗被曝光后逃回了美国，他的未婚妻琳达也找到他了。在巨大的舆论压力下，他跟琳达还有曾经欺骗过的女人都道了歉，也答应把所有欠下的钱给还上……

陆简诗之所以想到魏德朗，是想到他为了更好地推广自己的课程，所以参加录制节目的事情。她知道宁之远也许不喜欢参加节目，可当一个人站在许许多多的人都看得见的舞台上时，他自身的魅力足够打动许多人，让他们也跟他产生一样的目标以及想法。

陆简诗把自己心中所想告诉宁之远，宁之远听完以后沉默了好一会儿。她不知道宁之远会怎么看待自己的建议，她只是想要为他分担一些苦恼。她也想要成为一个对宁之远有帮助的人。

"简诗，如果我跟你说，《记忆训练营》会有第二季，你还愿意参加吗？"过了一会儿，宁之远悠悠地开口问道。

"是真的？"

"嗯，我是听我爸说的，他不会赞助第二季了，有更多有潜力的赞助商会提供赞助。"

"如果到时候真的有第二季，我们一起参加好吗？"

喜欢你就点点头

"你还愿意参加节目?"听到陆简诗这么说,宁之远的眼睛变得明亮起来,声音也高昂了几分。陆简诗也意外自己竟会脱口而出刚刚的话,但她更坚定一个信念,她想要帮宁之远一起实现他的梦想。如果他自己一个人在这个信念面前犹豫不决,那么加上她会不会好一些呢?

她诧异自己变得勇敢了,那都是宁之远的功劳。

"如果你陪我,我就去。"陆简诗的话一出口,两个人都同时一愣。

曾经,他们俩也有过一个约定,一起考同一所大学的约定。而现在,他们俩又有了一个新的约定。只是,这个约定会成真吗?

宁之远有一种豁然开朗的感觉,他很高兴看到陆简诗愿意重新走进人群中了,还有,更高兴她愿意分担他的事情,为他出谋划策……他觉得很幸福。

陆简诗充满期待地看着他,等着他的回复。

过了很久,陆简诗看到宁之远的嘴角勾起笑容:"那就一言为定了。"

有了约定以后,陆简诗觉得自己跟宁之远的关系变得更亲近了,同时,她也期待重新回学校上课。她消失在所有人面前一年了,是时候重新回归了。

周末是宁俊生的生日,宁之远再次飞到纽约去陪他过生日。但宁之远也说了,他这次会很快回来。

门铃响起的时候,陆简诗以为是宁之远提早几个小时回来给她一个惊喜。

知道他今晚的飞机回 N 城，陆简诗特意去菜市场买了许多新鲜的食材，打算亲自给宁之远下厨做一顿丰盛的大餐。

她还打算在今晚吃饭的时候告诉他，她这段时间虽然睡眠很浅，容易醒，但比以前整夜整夜失眠的状态要好很多。

然而，当陆简诗欢天喜地地跑过去开门时，却看到一个打扮时尚，穿着昂贵裙子的陌生女孩儿虎视眈眈地看着自己。

陆简诗隐约觉得对方眼熟，可一时半会儿没想起来。

倒是陈祖安，她用一双涂满指甲油的手摘下价值不菲的墨镜，一点儿礼貌也没有地进了陆简诗的住所，高跟鞋噔噔噔的声音无比刺耳。她一脸不屑地咬着嘴唇，来来回回上下打量陆简诗，从鼻子里哼了一声："你就是阿远的女朋友？陆……陆什么？"

什么？女朋友？

"这位小姐，我想你找错人了，我不是阿远的女朋友……只是他的好朋友。"

陆简诗从前也遇到过像陈祖安这种傲慢无礼的人，不至于手足无措，但她没想明白，这个女孩儿是怎么找上门来的？而且一看就是不好惹的样子。

"你不是阿远的女朋友？"陈祖安语气恶劣地反问，"那你为什么会住在他的房子里？"

"我真的只是他的朋友……还没请教你是？"

"我啊？"仿佛一直等着陆简诗主动问这个问题，陈祖安迫不及待地开了口，"我是阿远的未婚妻。怎么，阿远没有告诉你吗？"

"什么?"

"哦,这么看来,你不知道咯?"陈祖安抬手指着陆简诗的脸,"你既然不是我们之间的第三者,那请你马上离开我家阿远的房子。"

我家阿远……陆简诗自知自己的身份,可从没遇到过这么咄咄逼人且态度恶劣的女孩子。

"这位小姐,阿远把他的房子暂时给我住着,你有什么理由把我赶走?还有,你说你是阿远的未婚妻,那请问你如何证明?"

陆简诗忍耐着没有发脾气,但她不能容忍这么一个陌生的女孩儿恶意中伤宁之远。她认识宁之远那么多年,怎么从没听说过他还有一个"未婚妻"?更何况,她无比相信宁之远。他们俩虽然没有确认正式的关系,但一起经历了那么多的风风雨雨,她早就把宁之远当成是自己生命中最重要的人。

她这一年来心中一直有个念头,就是希望抑郁症可以彻底好转,然后才能去考虑跟宁之远的将来。

"陆什么,不管你知不知道,我说的都是真话。我原本想着在阿远还没回来之前找你私下谈谈,让你识趣一点儿离开,不要再妨碍我和他之间的感情。你倒好,死皮赖脸地住在这里,现在还这么理直气壮地赶我走?"

陆简诗再也忍不住了,一边说一边把陈祖安往外推,准备把门关上。

"我跟阿远从小就认识,我从来没有见过你,不知道你是谁,也不打算认识你,但请你……"

陆简诗的话还没说完，陈祖安突然想起什么，连忙把自己的手机拿出来，火速地翻到一张照片，是那一天，她跟宁之远的妈妈殷红女士去和宁之远一起吃饭的照片。她当时就找了人躲在远处偷拍，想着将来有一天可以派上用场。

照片亮出来的瞬间，陆简诗的脸色瞬间从青红变成惨白。

"陆小姐，请问你知道什么是'未婚妻'吗？'未婚妻'是家里的父母认可的，那我又想问问你，你既然从小就认识阿远，应该也很了解殷阿姨的性格吧？你觉得，阿姨会同意你跟她的宝贝儿子在一起吗？"

突然，陈祖安的手机响了，恰好是殷红打来的电话。陈祖安仿佛变脸一般，当着陆简诗的面接起电话："殷阿姨！"

"祖安，你在哪儿啊？阿远是今晚回家？"陆简诗记忆还没差到听不出电话里头的人，是殷红不错，她顿时觉得如坠冰窟，脸色紧绷，半晌说不出一个字来。

"对啊，我现在准备去机场接他了，待会儿我们三个一起吃饭吧。"

……

陈祖安与殷红后面还说了什么话，陆简诗已经没有在听了，也不知道她是什么时候离开的。

回头看着厨房满满当当的洗好切好准备下锅的食材，陆简诗不知怎的，嘴角绽开一个凄楚的笑容。

是啊，她何德何能，怎么配得上那么好的宁之远？

「第九章」
陪伴是最长情的告白
I love you

连续坐了十几个小时的飞机，宁之远的身体虽然很累，但他想着待会儿就可以见到陆简诗，所以即使再累，脸上还是充满笑容。

然而，他刚拿完行李走出来，就远远地看到陈祖安热情洋溢地冲自己挥手呐喊。

"阿远！阿远！"

机场的出站口都是人，宁之远虽然不悦，但也不好当场发作，只是皱着眉走到陈祖安的面前："你来这里做什么？"

"阿远，是殷阿姨喊我接你一起去吃饭的。"陈祖安仍然装出一副无知又单纯的样子，眨巴着一双大眼睛，使劲讨好他，"我也是听殷阿姨的吩咐，你不会让我为难吧？"

"你……"

"我的车子就停在外面，我们赶紧走吧，不要让阿姨等太久了。"

"你不要再拿我妈当借口，我不会相信你的。"宁之远没相信陈祖安的话，皱着眉头准备自己去打车。

这时，殷红的电话打到宁之远的手机上。

"阿远，下飞机了吗？我已经订好吃饭的包房，你上祖安的车一起过来吧！"

"妈！"宁之远郁闷，殷红怎么又不经过他的同意硬要他与陈祖安一起吃饭了！"我有事，可能没办法跟您吃饭……"

"阿远，妈妈真的好想你，你连跟我吃个饭也不愿意吗？"电话里头，殷红的语气充满委屈。

宁之远清楚，也许他的母亲不是一个合格的妻子，但她对他的关心一直没有改变过，是实实在在的，只是因为父亲宁俊生的事，他们再也回不到从前那种亲密无间的关系。

只是吃个饭，很难吗？

宁之远不想让殷红伤心，只好上了陈祖安的车子。陈祖安在前面说个不停，宁之远没有再搭理过她。他给陆简诗打电话，然而电话响了两声，就被挂了。

半分钟以后，陆简诗给宁之远回了一条微信："今晚回N大图书馆看书，晚点儿再联系。"

看到这样的微信，宁之远说不出口地失落。他确定之前就跟陆简诗说过自己的归期，可她好像并不记得，像从没放在心上一样。

否则，她怎么会选择在今晚去学校的图书馆呢？

"阿远，可能你晚上还有别的事情，但阿姨也是真的很想跟你吃顿饭。"仿佛一眼就看穿宁之远心里在想什么，在前面开车的陈祖安故意用温柔无比的声音说，"就陪她吃个饭而已，难道也不行吗？"

"我没说不行，"宁之远重重叹了一口气，"但也没想到你们不事先通知我就替我安排好了。"

"我猜阿姨也是临时起意的。"

晚上的这顿饭，宁之远吃得不是滋味，他一直心不在焉的，殷红和陈祖安都能感觉出来。

好不容易吃完这顿饭，宁之远抢着去买单，殷红跟了上去："阿远，妈妈看得出来你很为难，也知道你不想见到妈妈。"

"妈，没有的事。"宁之远心里也内疚了几分。

"偶尔陪妈妈吃一顿饭，就这么难受吗？"殷红说着说着，声音带了几分哭腔，"妈妈知道自己对不起你爸爸，也知道对不起你。"

"妈，不要多想，我今晚本来就约了别人。"

吃完饭，陈祖安主动送宁之远回家。

"阿远，我去找过陆简诗了。"

突然听到陈祖安提起陆简诗的名字，宁之远回过神来："你说什么？"

看到宁之远的反应，陈祖安的心里划过几分疼痛，但表面上仍然不动声色："你果然很喜欢她。"

"你找简诗做什么？"

看到他这么激动，陈祖安直接把车子停在路边，熄了火。虽然他面对自己总是不耐烦，语气也不好，可能够得到片刻跟他单独待在一起的机会，对陈祖安来说已经是幸福的。

"我找她也没做什么，只是跟她说了我和你的关系而已。"

陈祖安实在想不明白，宁之远为什么会那么喜欢与紧张陆简诗。陆简诗看上去没有什么特别，长得是挺漂亮的，可论外貌，她陈祖安也不差吧！最重要的是，论门当户对，当然是她最适合宁之远。更何况，宁之远的妈妈殷红也喜欢她。

"关系？我和你有什么关系？"宁之远气不打一处来，他断然没有想过，陈祖安会瞒着他私下去找陆简诗。

"阿远，你怎么也跟她一样糊涂？"陈祖安嘴角弯弯，露出一个比天上的星星还要灿烂百倍的笑容，"我是你的未婚妻，你是我的未婚夫，你不会是忘了这么重要的关系了吧？"

什么……

宁之远危险地半眯起眼睛，眼睛里燃着火苗一般。

感觉到宁之远的愤怒，陈祖安瞪大眼睛，狼狈地往后缩了缩。

"你以后要是再去简诗面前胡说八道，我一定不客气！"说完，宁之远转身离开。

二十分钟以后，宁之远风尘仆仆地回到家中。

他一边上楼，一边给陆简诗打电话，可这一次，陆简诗的电话显示已关机。

一阵强烈的不安以龙卷风一样的速度迅速席卷宁之远的身体。

十分钟以后，陆简诗回了宁之远一条微信："阿远，谢谢你这段时间的收留以及帮助,我还是决定搬走了,你房子的钥匙我放在门口的地毯下面。"

找到钥匙,宁之远火速把门打开,赫然发现陆简诗今晚没有去图书馆,她今晚忙碌了几个小时,再次把自己的东西收拾好,离开住了一年的"家"。

临走时,陆简诗回身看着这个公寓。她不是第一次从这个地方搬出去了,可这一次,她怎么觉得心里这么难受?但要是继续住下去,她又要以什么样的身份留下来?

而宁之远,看着再次变得空荡荡的公寓……不对,厨房里还有陆简诗没有带走的料理了一半的食材,他后知后觉地想到,原来陆简诗今晚打算亲自下厨给他做饭。

回到客厅,宁之远难过地蹲下身,双手抱着脑袋,久久没有抬起来。

宁之远回到陆简诗曾经租住过的地方去找她,很显然,他并没有那么容易找到陆简诗。

同一时间,另外一边。

陆简诗来到一家从没来过的健身房,她不是来运动的,她是过来应聘工作的。

这一年时间里,她在宁之远的陪伴下克服了抑郁症,但也因为陈祖安的突然出现,她才发现自己已经在不知不觉中习惯了,并且贪恋上宁之远对自己的好,对自己的温柔。

直到今天，她才明白，她从来都是一个人，一个人坚强，一个人逞强，也仍然配不上宁之远。

搬家以后，陆简诗第一时间联系了玩具店的老板，问他现在店里还要不要兼职，得到否定的回复以后，她也没有很沮丧。毕竟一年前她就从那儿辞了职，而且时间过去那么久，她也只是抱着试一下的心态打电话给那个老板问问而已。

没想到，老板有认识的朋友在健身房当私教，说他们那边现在缺一些健身顾问，问她有没有兴趣去试一下，他可以帮忙推荐。

说起健身房，陆简诗不会忘记，一年前也是宁之远带她去的健身房，他让她用运动忘记心中的不快与忧愁，也让她在运动中体会到不一样的趣味。坚持健身以后，她也觉得自己的身体越来越棒。

于是，陆简诗便有到健身房工作的想法。

进去以后，陆简诗便看到很多跟她年纪相仿，或者稍微年长一点儿的男男女女穿着运动背心短裤在健身，每个人都精神奕奕的，裸露在外的皮肤泛着湿漉漉的光泽。她不禁想起自己跟宁之远总是一起去健身，一起去跑步，他像个教练一样十分耐心地给她讲解每一个器械应该怎么使用……

"你好，是要办健身卡吗？"

一个健身顾问走到陆简诗的面前，打断了她的回忆。

"不是，我是经人介绍来面试的。"

"哦，请跟我来办公室。"

面试的过程很顺利，这家健身房是新开的，正需要大量的健身顾问，陆简诗有健身的经验，加上长得漂亮，立马就被录用了。

对她来说，重新上班不是什么难事，但她也有一年时间没有工作过了，还是会有点儿不太适应。

也是到了这个时候，陆简诗才不得不承认一件事儿，跟宁之远在一起的时间久了，即便已经离开他了，可是不论做什么事情或者去什么地方，她总是会想到他。

甚至，她有时候还会想他这个时间点在做什么，在什么地方，跟谁在一起……有没有想起自己？

陪伴，原来真的是最长情的告白。

白天在健身房上完班，陆简诗下班以后会立刻赶去英语角学习，她清楚自己的性格，也知道自己不喜欢融入人群，可她想要变得开朗一点儿，就必须更多地去跟陌生人交流。去英语角，既可以跟陌生人交流，还可以锻炼一下英语口语，她觉得是一件很不错的事情。

而且，她觉得只有把自己弄得忙一点儿，再忙一点儿，兴许就可以慢慢放下宁之远。

虽然，陆简诗也知道自己不跟宁之远好好地谈一下，跟以前一样一遇到问题就只会收拾好自己的东西，然后迅速从他家撤离不是什么好的做法。但是，她暂时还没有办法面对他。

没想到，陆简诗去了几次英语角，有一天晚上，被一个曾经疯狂喜欢过她的小粉丝认出来。

"请问，你是陆简诗吗？"

陆简诗刚准备走的时候,听到有人在背后小心翼翼地叫住自己,下意识地回头看过去。

小妹妹是个高中生,当看到陆简诗转过脸后,抑制不住地大叫了一声:"真的是你呀!"

"你好,你认识我吗?"陆简诗很意外。

"陆姐姐,我是你的忠实粉丝啊!我很喜欢《记忆训练营》这个节目,最喜欢的人就是你啦!"

再次听到有人提起《记忆训练营》,陆简诗像是被什么东西击中,心中迅速弥漫起一股复杂的情绪。

能因为一个节目而被记住那么久,她觉得很感动。

"谢谢你记得我。"陆简诗词穷,除了说谢谢,想不出别的词语来。

"姐姐,我是因为那个节目认识你、喜欢你的。"小妹妹可能太激动了,兴奋地说个不停,"我本来学习成绩不怎么好,但看完节目以后,下定决心要好好学习,希望将来有一天能够像你一样出类拔萃,成为一个优秀的人。"

"你……你是因为我而喜欢上学习了?"

"是啊,我现在的成绩可好了呢,每次考试总排名都在全班前五!"小妹妹无比骄傲地比了一个"五"。

"不错不错。"被小妹妹的情绪感染到,陆简诗也很高兴,嘴角的笑容明亮动人。

她从没想过,自己竟然默默地影响了另外一个不认识的女孩儿。

也许,不止这个女孩儿,还有许许多多陆简诗不知道的女孩儿。

可她又愧疚，愧疚她这一年来过得并不好，也早早以为，自己已经被人遗忘了。

"偶像小姐姐，你可以给我签个名吗？"

陆简诗愣了，小妹妹的一张脸涨得通红，手忙脚乱地翻遍身上的口袋，只找出一支笔，却没有找到可以签名的东西。过了一会儿，她灵光一闪，竟然把后背转向陆简诗，让她在衣服背面签名。

"你确定让我在你的衣服上面签名吗？"陆简诗还是很震惊，她又不是什么明星，她的签名不值什么钱。

"确定！因为我很喜欢你啊。"小妹妹无比真诚地说，"不仅我，我们班上很多同学都很喜欢你的，那时候看你的节目，每一期都没有错过，看完以后还会互相讨论……已经一年没有你的消息了，没想到会在这个英语角碰到你，一定是缘分呀。"

……

陆简诗静静地听着这个小妹妹絮絮叨叨地说着话，没有觉得很烦，心里的感动像河流慢慢汇聚成大海。她轻轻地吸了吸鼻子，然后把笔盖旋开，在小妹妹的衣服背面签上自己的名字。

一年的时间，足够改变很多东西，包括很多人，很多事，还有曾经风靡一时的东西，也会随着时间的流逝慢慢被人淡忘。

越来越多的新节目出现在大众的视野里，从前火过一阵子的节目，也会被人遗忘吧。

陆简诗本以为自己早就被许多人遗忘了，没想到，那个忠实的小粉丝回去以后把陆简诗的签名发到微博上。陆简诗下一次再去英语角的时候，莫名发现多了四五十人，他们都是来看她的。

"你们……"

"陆姐姐，我们都是你的粉丝，我们好喜欢你。"

四五十人同时喊出同一句话，声势浩大，也让陆简诗感动不已。

这时，人群中有一个人慢慢走出来，宁之远手里捧着一束新鲜的香水百合，他仍然风度翩翩像个耀眼的王子，伴随着小粉丝们阵阵的尖叫声，一步一步走到陆简诗的面前。

"阿远……"

"简诗，要多亏你那次给你的小粉丝签了名，不然我也不知道你在这个地方。"

陆简诗眼睛发酸地看着宁之远，好像不论什么时候，她一次次地逃跑，宁之远总会想尽办法去找她。每一次找到她的时候，他会有点儿埋怨她的逃离，但从来不会真的生她的气。

他对她太好……好得很多时候她都不知道应该怎么回应。可是，她又贪恋他的好，不想失去他。

尤其是这一次，陆简诗之所以又一次选择逃跑，除了责怪宁之远从来没有告诉她，他已经跟陈祖安有婚约以外，更多的是害怕他说出真相以后，自己会承受不住打击。

"对不起。"突然，宁之远听到陆简诗开口道歉，"我不应该就这样逃跑的，但是，我又害怕……"

"简诗，我们换个地方说话。"

就这样,陆简诗与宁之远在四五十个粉丝的注视下一起离开了。

宁之远发动车子,银色超跑在寂静的高速公路上一路狂奔,但陆简诗的内心无比平静。

因为,宁之远就在自己的身边。

更让宁之远惊奇的是,陆简诗这次居然主动告诉自己她的临时住处。

他开车把她送到她家楼下以后,他们俩都没有下车。

还是陆简诗先开口说话:"阿远,你从美国回来的那个晚上,陈祖安忽然找上门了。"

"我知道……"宁之远深呼吸一口气,然后继续说,"是我妈妈的主意,她很久以前带我跟陈祖安一起吃过饭,我从那次到现在都对陈祖安没有任何感觉。可我没有跟妈妈说清楚,加上妈妈似乎很喜欢她,导致她自作多情了。"

听到宁之远的解释,陆简诗心头悬着的大石也放下来。

"我没想过她会跑去找你,她……是不是对你说了很多难听的话?"宁之远最不想看到的就是陆简诗因为他受到任何伤害。

"她不论说什么也不会影响我的。"陆简诗沉吟道。

"是吗?她说她是我的未婚妻的时候……"宁之远进一步地问,"你不会有点儿吃醋的感觉?"

"我没有!"陆简诗爹毛一般,然而,她涨得通红的一张脸以及躲闪的眼神轻易地出卖了她。

宁之远忽然觉得心里被蜜糖包裹,甜得发腻。

她不敢告诉宁之远，她被陈祖安的三言两语影响了很久，她只有不断做别的事情才能分散注意力不去想。例如去健身房上班，例如去英语角学习，例如……

"我跟她不会有什么的，因为我喜欢的女孩儿，就在我眼前。"

陆简诗的脸继续发红，快要爆炸。

"简诗，我知道你不相信我，我……"

"我相信你。"陆简诗无比认真、郑重地说。

宁之远目瞪口呆，他才发现，经过这一年的相处，面前的陆简诗早就变得不像从前，她不再像一只浑身都是刺的刺猬，也不再总是逃避他。

"我承认之前对你还不能完全相信，因为我记得很久以前，曾经看到你和陈祖安在百货商场里出现过，也觉得她长得很漂亮，还得到了阿姨的喜欢。可是离开你以后的这段时间，我发现……"

陆简诗没有办法把话说完整，她的脸庞莫名一红，因为，她看到宁之远情不自禁地把脸凑了过来，越来越近，两人的鼻子快要碰到一起去了。

原来，那只巨大的熊熊真的是她……宁之远心中胀满酸楚，他不许他心爱的女孩儿以后再遭受这样的苦了，绝对不允许了。

陆简诗身体一僵，独属于男性的荷尔蒙气息铺天盖地而来，陆简诗的脸庞继续发烧。

宁之远看她害羞的样子，不禁好笑，又重新把身体缩回去，保持正常的距离看着她的眼睛。

"简诗,我很开心,真的很开心。"宁之远的嘴角弯起一个特别好看的笑容,一双眼睛似有繁星点点,"曾经有很长一段时间,我以为我对你的喜欢,对你的追逐,你都看不到,也不会接受我。"说着说着,他竟然哽咽起来,"可今晚,我觉得……你已经喜欢我了,对吗?"

最后一句话,他问得小心翼翼的,生怕自己再一次自作多情。

"是,宁之远,我喜欢你。"陆简诗看着他的眼,勇敢地回应他这么多年来的等候以及付出。

认识这么多年,陆简诗从来没有对宁之远说过一句喜欢,也在很长的一段时间里,对他的示好和爱慕选择视而不见。但经过那么多事情以后,她不想再自欺欺人了,尤其是这一段时间,她真的很想念他。

"真的吗?"下一秒,宁之远伸出手紧紧地抱住了陆简诗,他的心跳得飞快,等待了这么多年,他终于等到这句话。

陆简诗也慢慢地抬起手,鼓起勇气抱住了宁之远。心爱的男孩儿就在面前,再也没有比这一刻更美好更不可思议的事情了。

陆简诗在心里面暗暗地发誓,不论以后遇到什么事儿,遇到什么困难挫折,她都要努力地跟宁之远一起去面对,去解决。

迟到了这么多年的喜欢终于说出口了,陆简诗也为自己感到开心。

陆简诗与宁之远确定了恋爱关系。

在这之后，宁之远做的第一件事儿，是打电话约陈祖安出来，带上陆简诗一起，把他们三个人的关系都说了个清楚。

起初，陈祖安接到宁之远的电话时是惊喜的，因为那是宁之远第一次主动找她。她想当然地以为自己追逐了宁之远这么长一段时间，这一次一定是守得云开见月明。

然而，当陈祖安一身盛装打扮出现在宁之远的面前时，就看到他的身边还有一个陆简诗，他们的手还紧紧地牵在一起。

"阿远？"

都已经亲眼所见了，陈祖安却还想继续自欺欺人，她一直认为，陆简诗不会是自己的对手。

"陈祖安。"礼貌地叫了一声陈祖安的名字，宁之远便拉着陆简诗的手一块儿站起来，两人都十分安静地看着她，"怪我没有跟你说清楚，所以让你一直以为我跟你是有可能的……现在想带着简诗一起，亲口跟你说一声，我喜欢的女孩儿从来只有她，请你不要再喜欢我了。"

"阿远，你认为阿姨会同意你们在一起吗？"陈祖安不愿意承认自己输了。

"我的事情我会处理好，你不用费心。"说罢，宁之远转过脸，温柔地看着陆简诗，"简诗，我们走吧。"

"嗯。"

看着两人依偎着走远的背影，陈祖安气愤得直跺脚。

喜欢你就点点头

跟陈祖安撇清关系以后的第二天,宁之远带着陆简诗一起去拜访殷红。

殷红没有想过宁之远会自愿回家,回到他们曾经的家,于是十分欣喜,听到门铃声就赶忙去开门。

"妈,我来看您了……您还记得简诗吧?"

"阿姨好,我是陆简诗。"

看到殷红,陆简诗的心中弥漫着莫名复杂的情绪,她忽地有了幼时那种在宁家人面前低人一等的感觉……然而,下一秒,宁之远的手缠过来,牢牢地牵着她的手。

那些卑微的过去留在昨天,她不应该一直紧紧抓着不放。同时,她也应该跟殷红表明自己的态度:"阿姨,我是阿远的女朋友。"

从前,殷红对陆简诗的印象不怎么样,只觉得她是个沉默寡言的女孩儿,没想到她一进门就帮着保姆做饭做菜,吃饭的时候也特意主动找自己说话,笑容满面,开朗活泼了不少。

毕竟是自己儿子喜欢的女孩儿,殷红也没有说什么不好,但在心里默默地拿她跟陈祖安做比较,还是觉得陈祖安才适合当自己家的儿媳妇儿。

当天晚上,殷红坚持要留宁之远和陆简诗在别墅过夜,她很热情地让保姆把宁之远曾经的房间又打扫了一遍,然后让陆简诗住另外一间很干净卫生的客房。

自从爸妈离婚,宁之远坚决从这个别墅搬出去自己一个人住,他已经很久没有回来过了。

宁之远推开门走进房间,发现房间的布置一点儿也没有改动过,还是跟他以前住在这里的时候一模一样。

这个房间,充满了各种各样的回忆。

随后,陆简诗也从门外慢慢走了进来。这是这么多年来,她第一次走进宁之远的房间。

陆简诗想象过无数次,妈妈生前在这个别墅里打工的场景,她每一天都会来打扫宁之远的房间吧。妈妈是个认真细致的人,每一次都会花尽心思地把他的房间打扫得一尘不染……

"简诗。"宁之远回头便看到陆简诗呆呆地站在自己身后,于是朝她伸出手,轻轻握着她,"我没记错的话,这是你第一次进我的房间,来,我带你参观参观。"

陆简诗还是第一次进男孩子的房间,而且这个男孩子不是别人,是自己的男朋友……

她跟在宁之远的身后,听着他如数家珍地介绍着房间里的每件物什,明知道他早就不住这里了,但也能感觉到他对这个房间的深厚感情。

曾经有很长一段时间,他跟爸爸和妈妈住在这个大房子里,一家三口幸福美满,羡煞旁人。

可是现在……

"阿远。"突然,陆简诗伸出双手,从宁之远的身后轻轻地环上他的腰,然后,把额头贴上他结实宽厚的后背上。

宁之远觉得一阵电流从身体里快速蹿过,他一动不动,样子也变得呆呆的。

这是陆简诗第一次这么主动。

"简诗,我是在做梦吗?"话一出口,宁之远都觉得自己问出口的问题很傻,但他又确定,不是做梦。

"你没有在做梦,我只是……想要抱抱你。"陆简诗的脸庞红得像熟透的虾子,但她也很高兴,经历了那么多事情以后,终于可以像个寻常女孩儿,向自己喜欢的男孩儿撒娇。

这时,殷红亲自切了水果想要端进宁之远的房间,脚步突然顿住,因为她看到两个年轻人在房间里轻轻依偎在一起的画面……

下一秒,殷红的眼里闪过一丝狠光,当机立断地拿出手机,给自己的前夫宁俊生拨打了一个国际长途。

晚上,宁之远给远在美国的宁俊生打了个视频电话过去,他想要告诉他爸,他跟陆简诗谈恋爱了。

没想到,宁俊生也有好消息要告诉自己的儿子:"阿远,给你介绍一个阿姨……"

宁俊生刚说完,旁边一个保养得还算不错的中年女人突然走进镜头。宁之远虽然有想过宁俊生会再次找到属于自己的幸福,但没有想过这么快!他才从美国回来没多长时间啊。

不一会儿,宁俊生看出儿子跟自己女朋友之间的气氛变得很尴尬,他找了个借口让女朋友先离开,然后单独跟宁之远说了一会儿话。

"爸,您怎么认识这个阿姨的?"

"在一个酒会上,我们是一见钟情的。"

宁之远一听,心里直呼不可思议。

"阿远,我想要跟她一直在一起,你不会反对爸爸的决定吧?"

"爸!"宁之远急切地说,"您怎么确定跟她就是真爱呢?您就不害怕她是因为什么别的原因来接近您?"

"儿子,你说的什么话?"

原本,宁之远的心情还不错,加上跟陆简诗的关系变得明朗,他急切地想把这个好消息告诉给宁俊生。结果,他却突然被宁俊生告知他将会有一个不曾谋面的继母……

宁俊生似乎从宁之远的背景中看出他去了殷红的家,情绪一下子变得激动,一张脸也涨得通红:"阿远,你是怎么回事?你怎么跑去那个女人的家里?"

"爸,我过来找妈是说点儿事情。"这个房子,曾经也是他们一家三口的家。

"够了!我不想听了!"宁俊生表现出很生气的样子,也不想继续这个视频电话,"阿远,爸爸年纪也大了,不想那么孤单,你能体谅我的心情吗?"

宁之远难得地沉默了。

"算了,就这样吧,挂了吧。"

那一晚,宁之远一直没有睡着,躺在自己曾经最熟悉的床上,他的脑袋变得很混乱。

天一亮,他便起身离开房间,打算出去给自己倒杯水喝,却在楼下的开放式厨房里看到陆简诗忙碌不停的身影。

本来乱糟糟的心情,竟一下子又变得明朗了起来。

宁之远歪着脑袋看了很久,笑容不知不觉地爬上嘴角,身影被窗外洒进来的阳光一晒,珍贵异常。

是啊,他不再是一个人了,他遇到了什么事情都可以跟陆简诗商量一下吧?

但是,家里这种事,拿出来说,好像也不是很好⋯⋯

纠结来纠结去,陆简诗已经把自己、宁之远还有殷红三个人的早餐都做好了。

做好了早餐,陆简诗端着盘子回过头,赫然看到宁之远站在自己身后,吓了一跳,也不知道他站在那儿多长时间了。

"阿远,你吓我一跳。"

"简诗,早上好,顾着看你给我们做早餐的背影,不忍心打扰你。"

"油嘴滑舌!"

宁之远犹豫了一下,决定还是不把心中的烦恼说出来,免得让她担心。

这天早上,殷红也起得很早,吃着陆简诗亲手做的早餐,想起林彩萍的厨艺,赞不绝口:"跟你妈妈做的早餐味道是一样的,一样好吃。"

陆简诗难得地跟殷红一边吃早餐,一边聊天,宁之远默默地看着她们,莫名觉得很欣喜。

吃完饭,尽管殷红想要再留他们多住几天,但宁之远决定跟陆简诗离开了。

回公寓的路上,宁之远还是开了口,说他这两天要去一趟纽约看爸爸。

"是叔叔有什么事吗?"

"没什么事,就是……身体不太舒服。"

"你放心去吧。"顿了顿,陆简诗又开口,"我决定回学校上课了,休学了一年,是时候继续出发了。"

闻言,宁之远的眼睛亮了亮,他打心里喜欢现在这样的陆简诗,不再灰色苍白,满腹心事,他更喜欢她现在的开朗与阳光,像一株向阳的植物,茁壮成长,鲜活明朗。

"我答应你,看完我爸就回来。"

"我等你。"

说罢,陆简诗看到宁之远伸过来的手,两双手紧紧握着彼此,是一个天长地久的姿势。

「第十章」
我要我们在一起

医院里。

陆简诗从给陆海治病的主治医生的办公室出来时,脚步有些不稳,要不是旁边有一面墙可以扶着,她可能随时都会晕倒过去。

刚刚,就在十分钟之前,医生告诉她,陆海剩下的时间不多了,让她随时做好心理准备……

"医生,他……我爸真的没有别的办法可救治了吗?"

也许,从得知陆海得了癌症的那一天起,陆简诗就料到会有这么一天,然而,当这一天真的到来的时候,她一时没有办法完全接受。

主治医生遗憾地摇摇头:"陆先生能坚持到现在已经很不容易了,我看得出来你们俩的关系不是很好,但不论怎么说,他是你的父亲,你也是他的女儿,好好珍惜最后的这段时间吧。"

走过长长的走廊,陆简诗脚步虚浮,走一步顿一下,好不容易才走到化疗室门外。

抬起头,她一眼就看到正在门内做着化疗的陆海,他现在已经瘦得很离谱,隔着一扇薄薄的门板,她能无比清楚地听到陆海发出的惨叫一声比一声大。他一定很痛苦吧?每一次化疗的时候,都痛苦得生不如死吧?

陆简诗记得他最强壮的时候体重快到一百八十斤,但现在……也许八十斤都没有了。这么久的化疗和药物治疗,终究还是帮不到他吗?

陆海的化疗还没有结束,一个护士走了出来,陆简诗轻轻地推开门,然后一步一步地走到他的身边。

陆海已经被这一次的化疗折磨得迷迷糊糊,身上的病号服被汗水打湿又风干,头发也被汗水弄得黏糊在薄薄的头皮上。他整个人都弥漫着一股说不出口的难闻气味,苍白没有血色的嘴巴微微半张着,不知呢喃着什么话,听着更像是胡话。

陆简诗紧紧握着拳头,两只手背青筋尽现,牙齿狠狠啃咬着下嘴唇。

她忽然痛恨自己帮不了陆海,只能无能为力地看着他的生命一点一点消失活力,看着他一步一步走向生命的尽头……

这么久以来,她没有好好地跟他聊聊天,问他心里到底在想什么,问他还有什么事情想做却一直没有机会做。

大概过了半分钟,陆海慢慢清醒了,他似乎看到陆简诗站在自己身边,嘴巴张得更开,可喉咙像是被什么东西堵住,发出的声音混沌不清。

喜欢你就点点头

陆简诗很想听清他说的话，就算只有几个字也好。可看到他那么痛苦，痛得五官都变扭曲了，还是没有完整地说出一句话，她急得眼泪都掉下来了。

"病人家属，病人现在有些抽搐，你先出去……"

这时，走开的护士终于回来了。可她的话还没说完，陆海突然爆发性地呕吐了出来。陆简诗也被吐了一身，她很快反应过来，他刚刚一直想跟她说话，肯定是让她赶紧离开化疗室。

思及此，陆简诗的眼泪终于落下来了。

过了一年，陆简诗再次回到 N 大继续大学的课程。

原以为休学了一年时间，对校园这个地方应该是挺陌生的，可再次回来，陆简诗却觉得她还是那么喜欢学校这个地方。尤其是自己独处的时候，她四处闲逛，心里都是明朗的自在的。

路上，有许多学弟学妹认出她来，主动上来跟她打招呼，他们每个人都充满笑意，友好也亲切，跟从前那些不喜欢她的同学截然不同。

"学姐，中午可以约你一起去食堂吃饭吗？"更有一些小学妹主动上来问陆简诗，想跟她一起去吃饭。

换作以前，陆简诗肯定头也不回地走掉，但现在……她朝这些可爱的小学妹点点头："好啊，一起去吃饭吧。"

吃饭时，其中一个小学妹说她在网上看到《记忆训练营》第二季在海选报名了，问陆简诗这一次会不会继续参加。

再次听到这个真人秀节目的名字,陆简诗惊了一下,她没想到《记忆训练营》这个节目要开第二季了,更没想到,听到小学妹提起这件事的时候,她的内心汹涌澎湃,好像有什么东西在她的身体里面激烈地、互相地碰撞着,挡也挡不住。

她当时跟宁之远说好的,如果《记忆训练营》真的有第二季,他们俩约好一起参加。

回到寝室,陆简诗打开电脑连上网络查找《记忆训练营》第二季的报名情况。刚打开搜索引擎,果然看到很多关于第二季节目的新闻弹出来,她一条一条地看下去,很快发现这一次的录制跟第一季一样,也是采用一边录制一边播出的形式。但这一次,没有任何明星艺人参加,节目组决定先通过网络海选,挑选一百名精英进行节目录制,然后以淘汰形式进行一场场的比赛,最后剩下的六个人将会进行终极挑战。而且,第二季的终极挑战奖金有一百万人民币。

这时,陆简诗的微信弹出一条新的消息,竟然是《记忆训练营》的节目编导发来的微信,问她有没有意愿参加第二季的《记忆训练营》。

"林姐,我正在看节目的消息,准备在网上报名。"

"如果你有意愿,我们可以直接让你进海选。"陆简诗没想到编导会这么直接,然后又看到她发来的一大段话,"跟你说实话,我对第一季的节目并不满意,尤其是最后一场比赛……我希望这一季可以办得更好、更公正,也更透明。"

陆简诗反复阅读着编导发来的话,眼眶很快湿润了起来,但她

喜欢你就点点头

还是婉拒了编导的好意:"林姐,我也希望这一次可以用实力赢得比赛的第一名。我会通过网络报名做测试题,如果我还有实力,我一定会让你在海选现场看到我的。"

那边回复:"那好吧,我从第一季的时候就很看好你。简诗,我希望你通过海选,然后让更多人看到你,关注你。"

"不不不,"陆简诗迫不及待地否定,"我这一次参加节目,不是为了什么,我承认我想赢,也承认第一季的时候表现不尽如人意,想争回一口气。但更多的是这一年来我发生了很多很多的事情,我想要通过第二季的节目,完成自己人生中一次重大的蜕变。"

"简诗,虽然已经很久没见到你,得知你的消息,可从你给我的回复中感到你这段时间以来经历了不少事情,也成长了也不少。请你好好加油,我相信我们很快会在海选现场再次见面。"

和编导聊完以后,陆简诗又看了一会儿网页,很快看到可以通过电视台的官网报名,直接点击进去,然后在网络上完成报名。

报名完毕,节目组通过每个报名者留下的邮箱发送一份题目过去,规定他们所有人在两个小时之内答完题目并且上交……

陆简诗在做这份题目以前先深深地吸了一口气,心跳也加快了不少,但她知道自己不能再逃避,她花了一年的时间接受治疗,进行了全新的改造,更多的是为了让自己变得更好。

她也相信会更好。

思及此,陆简诗重新睁开眼睛,一双眼睛定在电脑屏幕上,开始认真做起题目来。

做完题目，陆简诗大大地松了一口气，她不会忘记她是因为什么而去的第一季的《记忆训练营》，也不会忘记她是为了给陆海筹钱治病所以才答应去上的节目。她已经不害怕会再次失败，要是失败了，她也相信自己有了重新爬起来的勇气。

这一次，像她跟节目组编导说的那样，她不是为了钱去参加比赛，也不想再借助任何人的帮助——她要用实力说话，要用行动证明，自己是可以的，真的可以。

做完题目，发送邮件成功，陆简诗用微信联系远在纽约的宁之远，叫他赶紧上网去报名。

"第二季可以报名了？"那一边，宁之远似乎也很感兴趣，可陆简诗不知道的是，他当时正焦头烂额，平时跟陆简诗说话都习惯用语音的他，罕见地打字回复她。

"嗯！报名时间只有一个月，你赶得及回来吗？"

"嗯，应该可以。"

"那好，等你回来，然后就报名吧。"

"好的。"顿了顿，宁之远又打上一句话，"我这边还有点儿事，下次再聊。"

另外一边，美国纽约。

北京时间是白天，纽约那边却是深夜。

半个小时前，宁之远被人用力晃醒，然后他迷迷糊糊地睁开眼睛，赫然看到一个不该出现在纽约的人——陈祖安。

"陈祖安？"说完，宁之远发现一个无比严重的事情，他跟陈祖安竟然躺在同一张床上？

"阿远！"陈祖安叫出宁之远的名字以后，想也不想地飞扑到他的身边。

宁之远没有任何防备，被狠狠一撞，整个人痛得眼冒金星。待缓过神来，他很快发现陈祖安只穿着性感的背心和热裤，一张脸粉扑扑的，透着一股不同寻常的红晕。

而他本人，也只穿了一条四角内裤。他吓得跳下床，把散落在床边的衣服捡起来，然后慌慌张张地穿好。

在宁之远的逼视下，陈祖安才慢悠悠地穿上衣服。

"这是怎么回事？你怎么会在这里？"

一周前，宁之远从国内飞到纽约打算亲眼看看宁俊生的新女朋友是怎么样的，结果他刚下飞机，马不停蹄地赶到宁俊生的家里，才听说在他飞来以前，宁俊生已经跟那个女人分手了。宁俊生还说自己错信了她，被她卷走了很多钱，刚报案回来，整个人感觉这个世界又要塌下来一样。

那几天，宁之远不敢跟陆简诗说这件事，只能像以前那样寸步不离地守在他爸身边。

就在昨晚，宁俊生硬拉着宁之远让他跟自己一块儿喝酒，酒喝多了自然会醉，后来宁之远因为酒醉睡过去了，哪里想到，睁开眼的时候，竟然看到陈祖安……睡在自己的身边。

怎么会这样？

"阿远，你忘了吗？我是昨晚到的纽约，宁叔叔叫司机把我送到你们家，没想到我一来就看到你们都喝醉了，保姆们都放假了，我一个人照顾你们俩……后来，你把我拉住，让我留下来陪你。"

陪你……是什么意思？

"陈祖安，你给我把话说清楚！"宁之远忍耐着说道，"什么叫作'陪你'？"

陈祖安看到宁之远恼羞成怒的样子更觉得他可爱，她几步上前，冲他甜蜜一笑："你自己觉得呢？"

顿时，宁之远的脸如熟透的虾子般红透了。

宁之远觉得不可能，他对昨晚喝醉以后发生了什么完全没有记忆，简直是断片儿一样，也不可能只是听陈祖安的片面之词就相信她说的。

"你说真的？"宁之远第一次遭遇这种事情，除了震惊，更多的是羞愧。他不排除陈祖安更主动才会最终促成这件事儿，可作为男生，他要是……

听到质疑，陈祖安一秒钟变脸，立刻摆出一副梨花带雨的样子，哭得楚楚可怜："宁之远，你可以质疑我的真心！可一个正常的女孩子怎么会拿这样的事情跟你开玩笑啊？"

闻言，宁之远愕然地后退了几步，一时之间也不知道怎么办才好。

这时，宁俊生敲了敲门，然后走进他们的房间。看到陈祖安，他一点儿惊讶的表情也没有，反而乐呵呵地道："阿远，祖安他们一家人打算移民到美国来了，你们俩要多亲近亲近，以后才能好好相处。"

"爸，您在说什么？"宁之远心想，陈祖安他们一家移民就移民，跟他又有什么关系？

"爸！"宁之远直接把宁俊生拉到一边去，不想让陈祖安听到他们俩的对话，"我已经有女朋友了，也带去给我妈看过了，您也认识那个女孩儿……是陆简诗，林彩萍阿姨的女儿。"

"说什么傻话呢？"然而，宁俊生仿佛早就知道这件事儿，露出一个模棱两可的笑容，"你可以趁着年轻的时候玩玩，但最后要娶的女孩儿，一定得是祖安才行。我虽然跟你妈分开了，但跟她的意见是一致的……"

"爸，妈真的已经同意我跟简诗在一块儿了。"

"瞎说，她前不久才给我打过电话，还交代我要给你和祖安多创造一些单独相处的机会。"

宁之远只觉得一阵晴天霹雳，连宁俊生后面还说了什么话都听不进去了，他突然感觉这件事儿从头到尾都是个骗局。

从他下飞机赶到他爸家，他从始至终只在手机视频里见到的那个据说是卷走了宁俊生很多钱的女人。后来，害怕宁俊生像之前那样一时想不开做出什么傻事，他便二十四小时寸步不离地守在他爸的身边。

再然后，陈祖安便来了。

所以说，宁之远的爸妈从最开始就想要他跟陈祖安在一起，不管他心里真正喜欢的人是谁,也不管他怎么抗拒,都是不可能摆脱的……

等待海选结果的一个月内,陆简诗每天都会发微信问宁之远到底什么时候回来。宁之远一开始还会回复,可到了后面,不管陆简诗给他发什么,他都没有再回复过。

她既不安又担心,生怕宁之远在美国那边是不是发生了什么不好的事情。可是,她除了等待,好像没有别的方法可以联系他。

终于,一个月以后,陆简诗收到通过海选的邮件以及电话。

再次来到电视台,陆简诗感觉恍如隔世。她一直记得录制完第一季最后一期的《记忆训练营》时,还以为自己这辈子都不会再踏上这个地方。结果,后来听了魏德朗的劝,跟着他上了不同的节目,赚到更多意想不到的钱,却也是因为这个人,被各种各样的舆论淹没,甚至患上抑郁症……

幸好,她现在已经走出来了。

按照邮件提示找到面试地点,陆简诗几乎是最后一个到的。偌大的会议室坐了差不多一百个人,只是简单听他们各自跟旁边的人交谈,陆简诗知道里面有很多通过海选的参赛选手是来自国外有名的学校,还有不少人来自国内的知名学府。

很明显,第一季节目播出以后收到的反响太强烈了,所以第二季吸引了更多人前来参加比赛。

等到一百强的选手都到齐了,节目组的编导给他们所有人开了个会议。会议一开就是几个小时,这也是之前参加第一季的时候没有过的,但陆简诗没有觉得疲惫,反而越来越精神。

开完会,过两天就要开始正式的录制。

录制的前一天晚上,宁之远终于主动给陆简诗打了个语音电话。

"阿远,你怎么还没回来?还有,你这个月怎么都没有回复我的消息?"再次听到宁之远的声音,陆简诗连珠炮一样发问,她的担心,她的无措,她的不安……都是这么真实。

电话那头,宁之远重重地吐了一口气。他现在心里很乱,也不知道应该怎么跟陆简诗说……他做错了事,做了一件对不起陆简诗的事情。

"简诗,我可能还不能回国。"

"是宁叔叔出什么事了吗?"陆简诗莫名感觉不对劲。

"不是他,是我。"宁之远沉吟片刻后,回答。

"你?你有什么事?"陆简诗无比担心。

"陈祖安突然来纽约了,我觉得是我爸妈叫她过来的……然后……"从小到大,宁之远做什么事情都是光明磊落的,可这一刻,他吞吞吐吐的,像一个做错了事情被抓包但又不敢承认的小孩儿。

迟疑了将近三分钟,宁之远终究还是把那天晚上发生的事情说了出来。说完以后,整个世界好像一下子都安静了。

陆简诗能清楚地听到胸腔里心脏不停跳动着的声音,她从没想过,这么狗血的情节,有一天会发生在自己跟宁之远的身上。

"你确定那天晚上,跟陈祖安……"

"我不确定,可我醒来的时候,确实跟她躺在同一张床上。"

"所以……"

"简诗,我对不起你。不管那一天晚上是怎么一个情况,我确实是喝了很多酒,而陈祖安是个女孩儿,她应该不会拿这种事情来欺骗我。我想,等我回来以后,我们再谈一下分开的事情吧。"

不等陆简诗回复,宁之远就把电话给挂了。

分开。

跟宁之远谈恋爱以后,陆简诗从没想过有一天会跟他分开。他们认识多少年了,她怎么不知道宁之远的为人?陆简诗可以百分之九十九地肯定这件事是陈祖安故意设计的,目的是要让宁之远为她负责。

之后的几天,陆简诗一直不间断地联系宁之远,可宁之远就是没有回复她。同时,她必须要投入全部精力到第二季的《记忆训练营》的比赛中。

让陆简诗意外的是,第二次参加《记忆训练营》,虽然比赛人数多了许多,比赛模式也变得完全不一样了,可当她再次站在摄像机面前,她好像没有想象中那么紧张,反而平静从容,回答问题时也是有条不紊的,惹来许多新人投来敬佩的目光。

曾几何时,她也迷茫过,觉得自己不适合这样的舞台,更是没有办法能好好地面对摄像机……但现在,这些曾经的问题已经不存在了,她变得跟以前不一样了。

几乎所有人都知道陆简诗是参加过第一季《记忆训练营》的前辈,

却没有几个人知道她后面还发生了什么样儿的事。

跟所有人录制完第一期节目以后，编导又私下约她出去访谈了一个下午。

面对亲切的编导，陆简诗断断续续地说出自己这一年多以来发生的所有事情。说完以后，外面的天空已经黑透了，她才发现手边的咖啡凉掉了。

两个星期以后，第二季的第一期《记忆训练营》如期播出。

第二季的第一期节目时长将近一个半小时，可观众看完以后完全不觉得拖沓或者注水。节目前半段简单介绍了一百个通过海选的参赛者，后半段便开始进行残酷的淘汰赛，一共三场比赛，按照最早完成并且拿下的比分进行自动排名，排名落在最后的二十名将会被淘汰，无缘参加下一期的录制。

第二季第一期的比赛只进行了两场，所有人都看得意犹未尽，好在节目的最后还有彩蛋，关于陆简诗的采访。

关于陆简诗的采访只播出了十分钟，但也已经把她这一年多以来发生的所有事情都浓缩在里面。

因为第一季的《记忆训练营》而喜欢上陆简诗的粉丝们，只知道她突然之间就消失在人们的视野里，甚至还休学了一年时间，却不知道这一年来她到底过着什么样儿的生活，内心有多么煎熬痛苦，甚至有过要放弃自己生命的想法……

"那么，那段时间你是怎么熬过去的？"

节目中，编导林姐问出这个问题的时候，一脸的不忍心，语气也是温柔的，生怕任何一个字眼说错了，便会惹来陆简诗的不安。

意外的是，陆简诗释然地笑了："有一个男孩儿，我跟他认识了很多年，我们从小就喜欢着彼此。不论我逃到哪里，他都会想尽办法地找到我。正是他的陪伴与鼓励，他的开朗与乐观感染了我，他带着我走出人生的阴霾，让我一点一点地变得开朗，让我慢慢地改变了很多。所以，我这次会再一次参加《记忆训练营》，是为了证明自己，也更想被他看到，我已经变好了。"

……

第二季第一期的节目播出以后，陆简诗的微博几乎被挤爆了，她又一次上了热搜，也有很多人问她在节目中提到的男孩儿是谁，还有一些人很聪明，猜测到是N大校草宁之远。

陆简诗还是跟以前一样不太会回复这些评论或者私信，大部分的评论或者留言都是给她加油的，还有的是跟她说自己曾经被语言欺凌过的经历，或者是提出遇到的问题希望可以得到她的回答……她已经不害怕网络上的各种言论了，甚至不再在意因为再次出现在大众视野，惹来一拨又一拨新的黑粉不断的攻击与谩骂。她的内心已足够强大。

看完以后，陆简诗弯弯嘴角，自嘲地反省了一下，希望下一次做得更好，让这些不待见自己的人可以对自己刮目相看。

陆简诗无比清楚自己不是人民币，不可能做到人人都喜欢，她也不需要被很多人喜欢,她只要在乎的那个人喜欢她就够了。

可是,宁之远在纽约会看到新的《记忆训练营》吗?

第二季的《记忆训练营》的比赛一场比一场残酷。

一百强,八十强,六十强……直到二十强,陆简诗知道录制完一场又一场的比赛后,剩下的人只会越来越强,二十强都是精英中的精英。

而她就在二十强里面。

虽然,陆简诗在接到编导林姐的微信消息时,是曾跟她说过想要证明自己,尤其是证明自己的实力,所以才会主动参加第二季的录制。但她刚开始参加比赛的时候并没有多大的把握,更不确定自己到底可以走多远。

陆简诗无比感激曾经参加过第一季《记忆训练营》,她得到很多宝贵又丰富的经验,让她不至于像其他新人那般经常感到慌乱或者不安。她又感激得了抑郁症以后宁之远的不离不弃,他每天督促她,陪她做一套又一套完全崭新的题目,锻炼她的头脑。但最感激的,还是一个叫作"时间"的东西。

在录制完三十强进二十强的那天晚上,陆简诗感觉心里空空的,曾经以为可以跟宁之远一起参加的比赛节目,她凭借着实力与努力一步一步闯进二十强,可他却不在自己的身边。

回去以后,陆简诗忍不住想要找宁之远,想问他到底什么时候会回国,于是拨了微信语音电话,等了很长一段时间都没有人接。

正当陆简诗准备把语音电话请求切掉时,对方却突然接了,陆简诗很激动,想告诉宁之远自己进入二十强的好消息。

"是陆简诗吗?"电话里传来的女孩儿的声音满是自信,"你找阿远什么事儿啊?"

"你……陈祖安?"竟然是陈祖安。

"对啊,阿远去洗澡了,你有事情需要我转达吗?"

他们……真的在一起了吗?

"怎么,是不是觉得难以置信?我跟阿远已经在一起了呀。"陈祖安笑得开怀,"跟你说实话吧,阿远还是觉得我比较适合他。而且,他知道我们一家人要移民美国以后,也打算移民过来,我们以后会在纽约定居了。"

陈祖安的话刚说完,她特意把电话拿给宁之远——酒醉不醒的宁之远,叫他跟电话里头的人说上几句话。

陈祖安刚刚是骗陆简诗的,宁之远根本没有去洗澡,但他喝醉了,而她就趁机在他旁边待着。

"你给我滚开!"宁之远醉得不轻,还以为是陈祖安叫自己,所以恶狠狠地喷了一句,然后又醉晕过去。

然后,陈祖安就把电话给挂了,并且关了机。

那一边,陆简诗的所有好心情全都消失不见了,晋级的喜悦被难过淹没,只觉得眼前的世界变得天昏地暗……

当天深夜,陆简诗做了个决定。

她一边忙着准备比赛,一边找旅行社报名参加美国纽约的自由行,她把所有的钱都拿来报团了,就是为了要去纽约一次,去找宁之远。

两天以后,陆简诗几乎在二十四小时没有合过眼的情况下跟着旅游团踏上了前往纽约的航班。

连续坐了十几个小时的飞机,刚下飞机,陆简诗就马不停蹄地去找宁之远。

在很久以前,陆简诗曾经无意中听宁之远说过宁俊生在纽约的房子的位置,说他的房子很大也很漂亮,可是再大再漂亮又有什么用?没有家的温暖的房子,永远算不上一个"家"。

陆简诗签下了保证书,脱离了旅行社,但她只有一天可以离团,所以这一天内,她必须要找到宁之远。

结果,当她风尘仆仆地赶到宁俊生的家时,出来开门的保姆说他们几个去市区吃饭了。

陆简诗只好给宁之远留言,问他现在在哪里。

那一边,宁之远默默地坐在车后座,身旁是叽叽喳喳不停唠叨的陈祖安。听到手机收到微信消息时,他浑然不在意,后来才看到是陆简诗发来的。

"简诗,我在出去吃饭的路上……"他还没回复完,手机就被陈祖安抢走。

"我跟着旅行社来纽约了,但我只有一天的时间,我要见你跟陈祖安!"

"简诗来纽约了?"重新把手机抢回来以后,宁之远一遍遍看着陆简诗回复过来的信息,满脸难以置信,而后露出久违的笑容。他的陆简诗,变得越来越勇敢了啊。

那一刻,宁之远觉得自己在做梦。

下午,宁之远跟陈祖安一起出现在陆简诗面前时,陆简诗已经不眠不休快四十个小时了。看到喜欢的男孩儿和另外一个女孩儿出现在眼前,她慢慢地站了起来,很想给宁之远一个扎实的拥抱,但又不敢。

"简诗……"

"阿远,我特意报团飞来纽约是要亲口跟你说一句,我相信你没有做过任何对不起我的事情,还有,我会好好参加比赛,争取给你,给我们拿个第一回来。"

闻言,宁之远心中百感交集。

这段时间以来,他每一天都过得焦虑与不安,他不知道怎么面对陈祖安,更不知道怎么处理自己跟陆简诗的关系。

以前,他总是不知疲惫地追逐着陆简诗,虽然她一次又一次地逃跑和躲避,但他从来没有认输过,也没有想过要放弃。

可这一次,关乎另外一个女孩子的清白,他不能敷衍。他也知道陈祖安是个很烦人的女孩儿,可她对他的热情与执着他都看在眼里,他不想伤害任何人。

喜欢你就点点头

"我要说的话已经说完了,你有什么要对我说的吗?"陆简诗看着异常沉默的宁之远,心里也明白,他现在一定很难取舍。

旁边的陈祖安终于忍不住了:"陆简诗,你不要以为跑到纽约来找阿远,他就会跟你在一起。我记得之前我跟你说过的吧,婚姻是讲求门当户对的,我才是最适合阿远的!"

"祖安,你让我跟简诗说几句话。"

然后,宁之远跟陆简诗走到一旁,他深情款款地看着她,口吻充满前所未有的坚定:"简诗,谢谢你信任我,再给我点时间,我可以处理好的。"

"嗯。那我先回去了。"她不远万里飞来,除了对宁之远亲口说出自己的真实想法,还想要看到他的态度。

她看到了,他看自己的眼神从没改变过,这已经足够了。

"比赛加油!"其实,不管第二季《记忆训练营》的比赛结果会是什么样儿,在宁之远的心中,陆简诗永远是第一名。

陆简诗回国以后,宁之远先是找陈祖安坐下来好好地谈了一场,他一直逼问她那天晚上到底有没有发生什么不该发生的事情?一开始陈祖安信誓旦旦地说发生了,什么都发生了。

"祖安,我相信你不是那种为了达到目的而不惜设计和陷害别人的人。"宁之远的语气是前所未有的温柔,他想,他以前对陈祖安的态度确实不够好,他这一次难得温柔,反而让陈祖安不知所措,"你告诉我实话好不好?那一晚,到底有没有发生什么事情?"

"就算什么也没有发生，我们也是注定要在一起的人啊！"

"所以，真的什么也没有发生？"

本来，陈祖安以前也没做过这种事情，她能撒这么久的谎已经很不容易了，这下说漏了嘴，反而放下了负担："是的，我说谎了，那又怎么样？"

还以为宁之远会发火，可他只是释然地笑了笑："这段时间以来，我心里真的很纠结，我跟简诗都不相信你跟我会发生什么，可我们都愿意等着你亲口解释……我以前对你的态度不好，我向你道歉，我也希望你不要再勉强跟不喜欢自己的人在一起，这样会很累也很受罪，会连累两个人的幸福，你不觉得吗？"

这是第一次，宁之远跟自己说那么多话，陈祖安先是愕然，然后悲伤："我……"

"真的喜欢一个人，不应该用这样的方法。"

"我只是太喜欢你了……"陈祖安把脑袋埋了下去，声音放得很轻。

"喜欢一个人，应该是陪伴与守候，想要和她一起努力，一起变得更优秀，一起站到更高处，看更美好的风景。彼此之间，不存在欺瞒与心机，就算其中一方变得一无所有，另外一方也愿意不离不弃地守着他。"

陈祖安似懂非懂地听着。

"如果有一天，我变得残疾或者毁容了，你还会愿意跟我在一起吗……"

陈祖安被他突如其来的问题吓着,瞪大眼睛,却回答不出来:"你……干吗这么诅咒自己?"

"我不是诅咒自己,将来会发生什么谁都说不准啊。可我相信如果我真的出什么事了,简诗也不会离开我。同样,她不论发生什么,我也不会离开她。我们只有彼此,也是彼此的唯一。"

宁之远一边说着,一边回忆他与陆简诗一起经历过的所有事情,他很感恩,他与她是彼此喜欢的,最后也排除万难地在一起了。

陈祖安终于认输了。

最后,宁之远亲自去找宁俊生。

他看到宁俊生的背影,不知从什么时候开始,曾经觉得是超人一样的男人已经变得这么苍老。

"爸,陈祖安已经跟我坦白了,您跟妈的撮合……对不起,我还是不能勉强自己去跟一个不喜欢的女孩子在一起。我要回国了,去做自己喜欢的事情,还有跟自己喜欢的女孩子在一起。"

"阿远,你怪过爸爸吗?"

本以为宁俊生会与自己吵一架,宁之远甚至都做好准备了,没想到他突然问出这个问题来。

"爸,您早就知道陈祖安……"

"嗯,前几年你妈在股市上亏了很多,是陈祖安的父母借了不少资金给她让她渡过难关的……以前我跟你妈也是经人介绍然后在一起的,可没想到,二十年以后,她突然有一天告诉我她要离开我,因为她找到了真爱。"说罢,宁俊生慢慢地转过身来,定定地看着自己的儿子,"其实我的病早就好了,也没有谈新的恋爱,可我还是帮着她撮合你跟陈祖安,现在看来,我真是大错特错了。"

宁之远看着父亲慢慢走到自己身边,伸出手停在自己的肩膀上:"孩子,你回去吧,去做自己想要做的事情。"

听了宁俊生的话,宁之远什么都没有说,只是伸出手,紧紧地抱住了他。

"安心回国吧,"宁俊生说道,"你妈妈那边,我会跟她解释清楚……"

"爸,谢谢!"

终于,来到最后一场比赛。

第二季《记忆训练营》的最后一场挑战,不再采用录制的形式,而是采用实时直播,所有人都可以通过网络看到现场转播。也给最后进入六强的选手更大的心理压力以及更大的冲击力。

现场比赛,现场宣布结果,不可能有第二次重来的机会。

比赛的前一晚,六强选手两人一组一个房间。陆简诗难得地睡了个不错的觉,可睡到半夜的时候,她突然听到有人发出一声惊呼,然后又有人匆匆忙忙地从门外的走廊跑过。室友打开门出去看发生什么事儿了,她却被巨大的困意袭击,没有下床,没多久又睡过去。

最后一场比赛是第二天晚上八点才开始。陆简诗是中午吃饭的时候才听说昨晚有个选手因为比赛压力太大,突然病倒,上吐下泻的,半夜被送去医院,却仍然坚持准备晚上的决赛。

听到这里，陆简诗心里一阵唏嘘，每个来到这个舞台上的人都想要证明自己的实力，每个人都足够努力，可舞台的位置就只有那么一丁点，最后能站上去的人寥寥无几，只有更优秀的人才有资格站到最后。

晚上六点，简单吃了一些东西以后，几个要参加决赛的选手已经开始在后台做准备了。

陆简诗在化妆间等着妆发师，却看到昨晚身体不舒服的选手突然口吐白沫，浑身抽搐，整个人倒在地上不停打滚。

"快！快把她送去医院！"

"不……不行……"然而，那位选手还残留着意识，眼泪鼻涕糊了一脸，"我还要参加比赛。"

场务也跑过来了，看了看她的样子，立刻说道："你这个样子不能上台了，来几个人帮忙，赶紧把人送去医院。"

而早就被淘汰出去的一个选手听说其中一个六强选手因为身体不适退赛，就算没有任何准备，也仍然临时顶上了。

陆简诗很震撼，这里大部分的选手年纪跟她相仿，甚至有一些人比她还要年轻，但每个人都斗志昂扬、信心十足，没有一个人是自卑的，不自信的人往往做不了什么大事儿。

陆简诗暗暗给自己加油打气，她相信自己是可以的，她已经不是以前那个不自信的自己了。

晚上八点很快来到。

陆简诗抬头挺胸地站在参加决赛的几个选手的最前面，所有看过她节目的现场工作人员都觉得她变了很多，变得更有自信和气势，也变得对未来无所畏惧。

"诗诗姐，你觉得现场来了多少人？"突然，陆简诗听到站在她旁边的一个选手紧张兮兮地问。

"可能有三百人了吧。"

"哇，好多。"

听到旁边的人发出惊呼，陆简诗鼻子一酸，她想起第一次站到这个舞台上的那一天，想起她当时那个蠢样子，想起……她终于明白，她已经跨过心里那一道坎，未来不管再有什么狂风暴雨，她都可以笑着去面对。

比赛的前半段，陆简诗超常发挥，她的脑袋一直高速转动着，解题的速度飞快，很顺利地完成了前面三道题，以第一名的成绩进入最后三强的比赛中。

最后一场比赛，只有二十分钟的准备时间。

去后台休息的时候，陆简诗还要挤出本就不多的时间接受早就等待着的记者给自己做两场采访。可她也没有觉得浪费时间，反而心态很好地回答记者抛过来的各种问题，回答完以后，才进行最后一场比赛的准备。

陆简诗找了张空椅子坐下来，顺便喝了一口水润润喉咙，正准备思考什么的时候，场务突然拿着她的手机跑了过来。

本来，他们参加决赛的选手的手机早就在现场直播之前就交上去了，直到比赛结束之前，所有人都不能拿回自己的手机。

喜欢你就点点头

看到场务拿着自己的手机风风火火地跑过来,陆简诗心里一沉。

"简诗,是医院打来的电话……"

后来,所有看到陆简诗从比赛现场中途离开的人都觉得,那个时候的她,身上熠熠发光,周身萦绕着一种王者的光芒,她虽然放弃了最后一场比赛,可在很多人心中,她就是最后的胜利者。

三个月后,距离N城几百里的一座小岛。

又是一天早上,陆简诗在早上七点自动醒来,洗漱完后,她第一件做的事情就是给陆海做早餐。

陆海几乎不能吃什么东西,只能喝点稀粥,而且也不能多吃,容易吐。可他好像很喜欢陆简诗亲手做的粥,有时候不能吃多,就让她把粥盛出来放在桌子上,他便静静地看着,看着它从温热变成冰冷,好像这样做就不会辜负女儿的一番心意。

自从带着陆海来到这座小岛,陆简诗便没有再找任何工作了。她给自己跟陆海找了一间安静的房子住下来,每一天都陪着陆海。因为她知道,虽然陆海上一次从ICU再次被救回来了,可是命运之神终究不愿意再眷顾他了。医生也说了,他只剩下最后三个月的寿命,而她作为他唯一的女儿,能做的事情不多了。

"陆小姐,陆先生能坚持那么久,我猜很大一部分的原因在于你……他的求生欲很强,应该是很希望跟你度过更多的时光。"

那一天,陆简诗在手术室门外等了四个多小时,就连陆海的主治医生也觉得神奇,陆海再一次被救回来了。

陆简诗愿意把所有时间都腾出来陪陆海,她唯一的亲人。

陆海的身体确实一天比一天差,他按时吃药,按时睡觉,可半夜的时候总会痛得大汗淋漓,又不敢出声吵醒陆简诗,自己一个人忍着痛。

自陆海生病后,他性格大变,不知道从什么时候开始,他已经不想再拖累陆简诗了,可是,他又不舍得就这样死掉,他好想活下去,活下去……

那一天,是傍晚。

陆简诗推着坐在轮椅上的陆海到海边散步,这是他们每天都会做的事情。

陆简诗问出一直横亘心里多时的问题:"爸,想问您一个问题很久了,您为什么一定要来这座小岛?"

世界上那么多地方,那么多地方风景都很好,可陆海却指明要来这里,度过他最后的时光。

这是一个风景优美但游客特别少的小岛,小岛有两个天然的沙滩,因为没有过多开发,除了沙滩就没别的了,安安静静的。

陆简诗很喜欢这座小岛,虽然在来之前从没听说过它的名字。

"因为,我跟你妈第一次约会,就是来的这个小岛……你妈小时候来过,她很喜欢这个地方。"陆海喘着气断断续续地才把一句简单的话说完。

陆简诗愣了几秒,没想到,陆海之所以选择来这座小岛竟然是这个原因。

她忽地想起很多小时候跟爸爸妈妈在一起的画面,想起他们一家三口摆摊卖烧烤的场景,想起小时候生病了,陆海背着她,还腾出一只手牵着林彩萍跑去医院的场景……想起了很多很多,虽然后面也发生了很多不太如意的事情,但是,他们始终是一家人啊。

而且,她似乎很久没想起过去那些不愉快的回忆了,能想起来的,都是一些简单但温馨的画面。

每次来海边,陆海都会看着遥远的大海发很长时间呆,陆简诗想,他一定很想念妈妈吧……

之后,陆简诗像个平凡人一样生活,她的人生经历了这么多,已经明白什么才是最珍贵的。

第二季的《记忆训练营》早就结束了,可余温不断,陆简诗起初还会偶尔上上网,看看网络的消息。

她知道那一次从比赛现场逃跑,当了一回"逃兵",网上对她的评价都很不好,换作以前,她看完那些评价以后会睡不着,会觉得很难受,可能又要依靠药物才能让自己停止胡思乱想。可现在,她不会这样了。网上的那些人爱说什么就随便他们去说,她只要过好自己的小日子就好。

她终究只是一个普通女孩儿而已,她才二十二岁,未来可期。何况比赛、名次、财富……这些都比不上家人的性命安危来得重要。

陆简诗把手机关掉,也不再留意网络消息,整个人仿佛与世隔绝一般,但她还是会想念宁之远。这样的情绪有时会像汽水泡泡一样冒出来,溢满她的心。她很想念他,想念他的笑容,想念他的眉眼,想念他的意气风发,想念他做题时神采飞扬的样子……

她从来都不知道,原来自己也能这么喜欢一个男孩儿。

恰巧,那个男孩儿是宁之远,她又觉得十分值得。

又是一天,早上四点多,陆简诗便醒了,陆海还在睡觉,她轻手轻脚地离开住的房子,一个人慢慢走到海边去。

天空还是一片灰蒙蒙的,连云层也看不清楚,她便光着脚走了几圈,然后找了个地方坐下来,静静地抱着膝盖,打算一个人看日出。

后来,也许是太累了,或者是四周太安静了,她也不知道自己是怎么睡过去的。迷迷糊糊中,她做了一个梦,梦到那栋乳白色的四层楼高的别墅面前,小小的她手足无措地站在底下,而另外一个小小的男孩儿从二楼的窗户探出小脑袋,笑意盈盈地看着底下的她。

一梦许多年。

"你好,请问你认识一个叫作陆简诗的女孩儿吗?"

陆简诗被突然而来的声音震动了,她缓慢地转过头,赫然看到梦里的男孩儿出现在自己面前。

接着,宁之远把行李丢在一边,几步上前走到陆简诗的身边,在她旁边坐了下来。

"宁之远,你是特意赶过来陪我看日出的吗?"陆简诗故意目视前方,没有去看身边的男孩儿。

"嗯，恰好赶到了。"

没多久，一缕金色的光芒从厚实的云层中钻了出来，渐渐扩散，然后把他们俩的脸庞照得通透发亮。

两人相视一笑。

「番外一」
从此以后,我是你的爱人,也是你的亲人

傍晚,海边。

陆简诗慢慢推着坐在轮椅上的陆海往前走,轮子陷在沙子里很难推走,但她又想让陆海多看看外面的景色,尽管需要耗费许多力气,但她还是很努力地推着他往前边走去。

"简诗!"

突然,宁之远从身后叫住她,不一会儿,他跑过来,微微喘着气,笑容却爬了满脸。

橘红色的余晖铺天盖地地洒在宁之远的脸上,他的眉眼异常动人。

陆简诗的脸上尽是欣喜。

"你们要去哪里?"

"想带我爸去海边走走。"陆简诗笑着抬起下巴,看着心爱的男孩儿。

闻言,宁之远直接走到陆海的面前,然后主动弯下腰礼貌地问:"陆叔,我背您去海边走走好吗?"

"阿远……"陆简诗愕然了几秒,但很快又弯弯嘴角,不自觉地笑了笑。

"不用……不用。"陆海也是露出一副怔忪的模样,仿佛一肚子都是拒绝的话,可那些话涌到嘴边,又不知道怎么表达才好。

"爸,阿远力气大,您就让他背您去海边走走,好吗?"

听到陆简诗愿意替自己说话,宁之远不动声色地挑了挑眉,然后轻轻地笑了。

随后,陆海虽然露出十分为难的神情,但到底还是同意了。

陆海其实一点儿也不重,宁之远觉得自己像是背着一个不到十岁的孩子,他的心中满溢着各种各样复杂的情感,有开心的情绪,因为可以跟陆简诗父女俩多相处一下;但更多的是心酸,总觉得,陆海这个状况,怕是坚持不了很长时间。

走在他们身后的陆简诗,心中也是复杂无比。她无比珍惜这一段跟陆海相处的时光,同时也知道,这最后的余晖,过一天少一天,如果连陆海也走了……从此以后,她在这个世界上真的没有至亲了。

下一秒,背着陆海行走着的宁之远忽然顿下了脚步,等到陆简诗赶上他们以后,竟当着陆海的面伸出手,牢牢地握着陆简诗的手。

被突然而来的热度一烫,陆简诗的脸庞瞬间便红了。在陆海的面前,宁之远这么主动,她感到羞涩又难为情。

可宁之远已经管不了那么多,他在这一刻就是要牵上她的手,必须牢牢地牵着，时刻让她记得，她永远不会是一个人。

他错过了她许许多多的从前，但她的现在，还有以后，他都不会再错过了。

后背上的陆海十分疲惫且虚弱，但也轻轻地笑了。

陆海的一双眼睛憔悴且迷蒙，可他的眼前却不自觉地浮现起许多年前的一幕——年轻的他和同样年轻的林彩萍走在海边，两个人第一次正式约会，有一句没一句地说着话，他的耳朵根红得透明，而林彩萍的脸庞也红得快要爆炸一样。他们俩深一脚浅一脚地往前走着，冰凉的海水不时漫上光着的脚踝，林彩萍被冰得跳起了脚，年轻的他便哈哈笑着，一只手却不动声色地抓住她柔软的手，再也没有放开过。

……

十天后，陆海在睡梦中去世。

也许早就料到这一天，陆简诗已做好各种准备，没有表现出任何过度的悲伤。加上宁之远一直在旁边帮忙，他们俩一起操持陆海的身后事，也算是体面地送他离开了。

是在操持完陆海的身后事后的那个深夜，宁之远终于熬不住稍微休息了几个小时，朦胧中却听到隐隐约约的哭声。

宁之远睁开眼，循着哭声的方向走过去，赫然看到陆简诗像是情绪大爆发一般，脸颊埋在臂弯里控制不住地号啕大哭，又悲伤，又狼狈，可他只是默默地站在远处看着、陪着，并没有让她察觉自己的存在。

  他想,那一刻的陆简诗是想起陆海了,也许,还想起了林彩萍。

  隐忍了那么多天,陆简诗直到忙完这一晚的事情才终于反应过来,陆海是真的离开这个世界了。从此以后,她再也不能跟他说话,看到他了。

  有很多年,陆海在她心里就是一个坏人,从来不会为林彩萍和她考虑。

  可她终究还是原谅他了,心里也释怀了。

  她想,她未来的人生一定是幸福的,是快乐的,遗憾的是她的一对父母已经不能看到了……

  "叔叔,阿姨,希望你们在天之灵可以保佑简诗一生平安,健康快乐。从此以后,我不仅是她的爱人,也是她的至亲。"宁之远默默地看着天上。

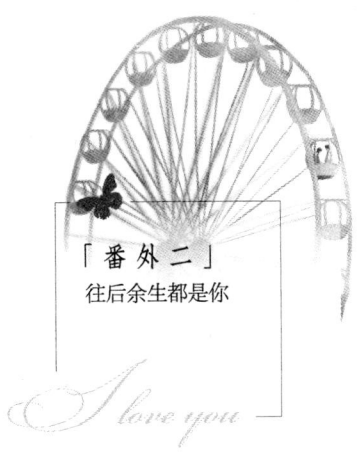

「番外二」
往后余生都是你

台风天。

天气预报早在一周之前就发布了今天会有台风登陆小岛的消息,岛上的家家户户都已经做好防范措施,例如提早去超市扫荡和屯足粮食,例如加固自己家里的门窗……

这天早上四点多,陆简诗就醒过来了,她总觉得哪里不对劲,但又说不出到底是什么地方不对劲。

"简诗,你怎么了?"宁之远从床上迷迷糊糊地坐了起来。

自从跟陆简诗一起搬到这座风景优美、游客也不多的小岛定居以后,宁之远跟她的生活作息几乎是一样的,两个人都是自律性极高的人,而且只要陆简诗提早醒过来了,宁之远也会跟着醒来。

"我想回学校看一眼。"看到自己把宁之远吵醒,陆简诗有点儿过意不去,但也实话实说。

"回学校?"宁之远愣了几秒,"今天大台风,全岛放假一天,

喜欢你就点点头

回学校做什么?"

"我怕有孩子不记得今天放假,还会回学校等我们去给他们上课。"陆简诗无比担忧。

陆海去世后,有一次,陆简诗跟宁之远一起去岛上唯一一家孤儿院,他们在那里遇到了许许多多年龄很小但智力有点儿障碍的小孩子,可在陆简诗和宁之远眼中,他们那么天真,那么烂漫……

当天回去以后,陆简诗跟宁之远两人默默地想了一晚上,第二天醒来,他们都跟对方说要做一件事情。

"我想开个班帮助那些小孩儿!"

两人同时把心中所想的说出来,说完以后,相视一笑。

是谁说过,跟喜欢的人在一起时间长了,两个人不仅容貌变得越来越像,就连所思所想都会趋向一致,俗称"心有灵犀"。

确定了这个想法以后,陆简诗与宁之远一起去找孤儿院的院长,想要尽他们俩微薄的力量去帮助那些小孩儿。

"你们不以这个盈利?"孤儿院的院长最关心的还是金钱问题。

"对的,不以这个盈利。"陆简诗轻轻点了点头。

"这样会很辛苦的。"

"我们俩都曾自认为比别人聪明一点儿,也因为这个优势得到了跟普通人不太一样的人生,可到头来,我们好像并没有为这个社会做出过什么贡献,现在,是时候贡献一点儿自己的力量了。"宁之远无比坚定地说。

之后,他们俩一边找合适的地方开补习班,一边齐心协力地编写上课的课程,两个相爱的人一起做一件看起来很酷的事情。一开始是很困难的,但也因为他们的善举,得到很多媒体的高度关注以及报道跟踪。

陆简诗不会忘记开班的第一天,二十几个小朋友一起坐在崭新又明亮的教室里的样子,也不会忘记,她和宁之远的名字再一次上了微博热搜。

但她觉得,这应该是最后一次上热搜了。她才二十来岁,已经经历过许多风雨,现在,她的心愿很简单,好好地跟宁之远在一起,还有跟他一起做一些对社会有意义的事情。

开班的几个月来,他们俩很忙但也很充实。

当得知台风天全岛会放假一天的时候,陆简诗有点儿反应不过来,她已经很久没有给自己放过假了,虽然只有一天时间。

可陆简诗仍然不放心自己的学生,一定要回学校看一眼。

陆简诗与宁之远是早上八点出的门,出去时天气还没有完全变坏,然而走到半途时,狂风暴雨开始了,他们俩以最快的速度赶回到学校——

远远地,陆简诗先看到一抹小小的人影儿穿着可爱的柠檬黄雨衣,无比顽强地站在门口等着上课。

"老师!"女孩儿看到大风大雨似乎很兴奋,但更兴奋的是看到亲爱的两个老师回来了。

补习班距离孤儿院很近,走路只需五分钟,陆简诗无比庆幸自己的预感,不然女孩儿自己偷偷溜过来,这么恐怖的台风天,她一个人要在这里待到什么时候?

"阿远……"

"我们一起把她送回去。"不等陆简诗把后面的话说完,宁之远很清楚她要说什么。

台风已经聚成风眼登陆岛上。

眼前的世界仿佛被人倾倒过来一般,气势磅礴的狂风暴雨,让人以为自己在看什么末日大片。

把小女孩送回孤儿院后,陆简诗与宁之远没有办法离开,也不急着离开。他们待在室内,双手紧紧握着,而陆简诗的心里,前所未有的明朗。

长这么大,她第一次对未来充满信心。

因为身边的人是宁之远,因为他们在一起,未来就算再遇到狂风暴雨,也无所畏惧。

往后余生都是你。

真好。

- 完 -

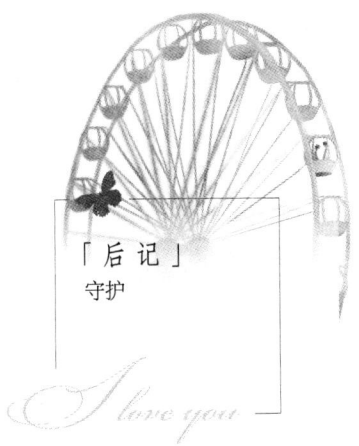

「后记」
守护

写完这个稿子的时候,已经是冬天了。

我一直知道自己并不擅长写长篇,很多时候都认为自己写得不够好,还需要多磨炼磨炼,也很惭愧到目前为止,一直没有写出一本十分满意的作品。

我的读者兴许都看过我从前发表在一些青春杂志上的短篇故事。最早,早到我只有十七八岁的时候,那会儿没有任何的经济压力,写东西也是看心情。高三的那一年,我开始在一本那个年代十分流行的韩式杂志发表文章。稿费不多,两三百块一篇,却足够让我开心小半年。

大学的时候也会写一些短篇,不过也是看自己的心情,有时候被退稿退得太多,便停了下来。有时也会骂骂咧咧的,觉得自己写的东西还不错,为什么编辑却一次次地退我的稿子!

喜欢你就点点头

多么自大又狂妄的岁月。

尤记得在二十二三岁的时候,写了不少短篇故事,那时候只身一人去了长沙,在某个出版公司当一个小编,工资太少,只好靠业余时间写稿赚点稿费来贴补一下。

也记得那种吃一顿饭只敢控制在六块钱之内的苦楚的感觉,往往是去吃一顿都是素菜的麻辣烫,晚上回到出租房还继续写稿,必须写稿,不然光靠工资真的太难活下去了……如此种种,仿佛昨天才发生过一样,至今也很难忘记。

也是从那个时候开始能写出一些比较深刻的故事来,因为经历不一样了,遇到的人跟事也多了,慢慢地发现,自己写的文字,好像过渡到另外一个阶段了。

后来离开长沙,去到珠海,跟一个小学同学合伙做旅舍。那段时间,我几乎没有怎么写过稿子。本来旅舍做得还不错,同学却莫名其妙地抛弃了我跟她当时的爱人去大理又开了一家旅舍,把珠海这家店丢给我一个人管,但赚到的钱却又要分一半……

那段时间,我整个人是失落的,仿佛又回到最初去长沙的时候过的那种生活,每个月都入不敷出的,连吃顿好的都不舍得。

后来有一天,我打开了旅舍里面记账的电脑,把尘封许久的WORD文档打开。

我并不知道,写作还能否拯救我,但我知道,如果我继续停止创作，我兴许以后什么都写不出来了。

曾几何时，写作只是一个兴趣，一个爱好，但不知道从什么时候开始，我发现写作也能带给我很不一样的体验。这种体验和感受，我应该不会再在别的事情上找到可以超越的。

再后来，创业失败，我痛定思痛，知道自己不适合创业，也倦怠了那种机器人般麻木的朝九晚五的生活。最后，我像是抓住一根救命稻草那般重新写作。

那时候，我已经快二十七岁了，重新开始写作的那段时间也是很难熬的，年纪不小了，还有勇气重新开始吗？

现在，我要告诉大家，我很庆幸三年前我重新开始了。我也不会忘记那段时间，我整个人像是上了发条一样不停地写，不停地写，我确实不会写长篇，但也不可能单靠写短篇来支撑自己的生活，所以我必须逼着自己学会写长篇。只有把长篇也写好了，我才能更好地依靠写作来生活……

功夫不负有心人，全职写作已经一年多了，我还活着，一年还能出去旅行两三次，过得还行，当然还能做得更好，也相信以后会越来越好。

这么多年，最感谢的还是一直记得我，一直支持我写作的人，也许我们分散在天涯海角，甚至有些人一生也没有办法见一次面，可我能感受到你们的关爱与惦记，我会好好的，只要还写下去，恳请你们继续看下去。

最后，女主陆简诗的性格有点儿像我（只是性格像，我的智商没有她那么高），虽然性格不算讨喜，但她一直很努力地活着，也很努力地去爱生命中一直守护着她的男孩儿。也希望你们会喜欢这本书。

恋上一滴泪

本书由作者恋上一滴泪委托长沙大鱼文化传媒有限公司正式授权贵州人民出版社，在中国大陆地区独家出版中文简体版本。未经书面同意，本书的任何部分不得以图表、电子、影印、缩拍、录音和其他任何手段进行复制和转载，违者必究。